나의 자랑 _____에게

당신이라는

자랑

당신이라는 자랑

박근호 산문집

히읗

　재밌게 본 영화에서 그런 대사가 나옵니다. 매년 올해 감기가 가장 독하다는 말을 들으면서 자랐는데 똑같았다고요. 정말 그렇다며 웃어넘겼던 대사가 머릿속에서 맴도는 요즘입니다. 초등학생 때는 중학생, 고등학생이 되면 삶이 좀 편해질 거라 생각했습니다. 성인이 될 때도 그랬고 어른에 가까워질수록 나를 힘들게 하는 것들이 줄어들 거라고 생각했습니다. 하지만 매년 올해 감기가 가장 독하다는 말처럼 나를 아프게 하는 일은 여전했죠. 2020년이 가장 그러지 않았나 싶습니다.

　해외에서 지내보고 싶어서 친한 동료와 함께 프랑스 생활을 계획했었습니다. 출국 이틀 전에 모든 비행기가 취소됐습니다. 아직 그 비행기 티켓 값은 돌려받지도 못했죠. 전염병으로 인한 연이은 행사 취소와 그 사이에서 활동해야 했던 순간들. 여름밤 냄새를 맡을 여유도 없이 장마가 며칠씩 퍼붓기도 했습니다. 오랜만에 사인회를 했던 날도 있었습니다. 과분한 사랑을 받은 지 딱 일주일이 지났을 때 아버지께서 세상을 떠나셨습니다. 다 미안하다는 말과 함께요. 14년 전에 어머니가 가셨던 길을 따라가셨습니다. 사람은 힘든 일이 몰려오면 이유를 찾고 싶어 합니다. 이유라도 알면 덜 괴로우니까요. 세상에 이제 정말 나 혼자구나, 하는 생각을 떨쳐버릴 수가 없었습니다. 운전을 하거나 창밖을 멍하니 보거나 술을 마시고 거리를 하염없이 걸으며 생각했습니다.

도대체 이 삶을 어떻게 견뎌야 하는 것인가.
무슨 힘으로 살아가야 하는 것인가.

아무리 생각해도 지금만큼 위로가 필요한 순간이 없는 것 같습니다. 저뿐만 아니라 전 세계 사람들이 몸살을 앓고 있으니까요. 저는 다시 또 고민에 빠졌습니다. 도대체 위로란 무엇인가, 하는 원초적인 고민이었죠. 듣고 싶은 말을 해주는 것이 위로인가. 나만 할 수 있는 말이 위로인 것인가. 그냥 여기 당신 같은 사람 또 있어요, 라고 말해주는 게 진정한 위로인가. 아무리 슬퍼도 세상은 나를 기다려주지 않았습니다. 출근을 했습니다. 새로운 글을 쓰고 집으로 돌아와 아버지 유품을 정리했습니다. 각종 서류를 정리하고 해결해야 할 일을 해결하면서 어떻게든 살아보려고 안간힘을 썼습니다. 삶의 밑바닥이 있다면 아마 지금 내 상황이 그러지 않을까 했습니다. 여기서 더 내려갈 수 없다고 생각하면서 지냈으니까요.

더는 내려갈 수 없을 만큼 삶의 끝까지 내려가서 겨우 깨달은 사실이 있습니다. 바로 우리는 누군가의 자랑이라는 것. 너무 늦게 알아버린 건 아닐까 싶지만, 이제라도 알아서 다행이라는 생각을 하고는 합니다. 당신은 누군가의 자랑이야, 라는 말을 듣는다면 대부분의 사람이 그 사실을 받아들이지 못할 거라고 생각합니다. 저도 그랬으니까요. 어떻게 그 사실을 전달하면 좋을지 오래 고민했습니다. 생활하면서 느꼈던 다양한 감정을 여러 길이의 글과 다양한 형식으로 전달하면 가능하지 않을까 생각했습니다. 이 책에 담긴 수많은 이야기가 조금씩 마음은 건드리다가 마침내 책을 덮었을 땐 어떤 따뜻함이 느껴지게 하고 싶었습니다. 한 개인의 이야기가 모두의 이야기로 확장됐으면 하는 바람뿐입니다.

　춥고 또 추운 겨울이 끝난다고 해서 마냥 좋은 날만 있을 거란 말은 하지 못하겠습니다. 계절이 바뀌듯 삶은 계속될 겁니다. 우린 그 사이에서 넘어지고 다치고 슬퍼하고 사랑하고 행복해하며 살아갈 것입니다. 제가 깨달은 사실은 몸서리치게 아름다운 날을 위한 선물이 아닙니다. 삶이 어딘가 잘못 흘러가고 있는 것처럼 느껴질 때, 어떤 성취감을 맛봤는데 나 잘했지? 라고 말할 사람이 없다고 느껴질 때, 세상에 나 혼자 남겨진 것 같은 기분이 들 때, 그때를 위한 이불 같은 문장입니다. 나를 살아있게 해준 문장이 이 글을 읽는 사람에게도 조금은 힘이 됐으면 하는 마음으로 글을 씁니다. 여러 이야기가 담겨있지만 사실 하고 싶은 말은 그 말 하나일지도 모르겠습니다.

차례

· 1장

세상은 혼자 살아가기엔 너무 강하잖아

· 2장

빛을 그리려면 어둠을 그려야 한다

· 3장

난, 지금 행복해

· 4장

당신은 누군가의 자랑이다

1장

———

세상은 혼자 살아가기엔
너무 강하잖아

사랑

일을 마치고 새벽 네 시쯤 집으로 돌아오는 길이었다.
그리 춥지도 않았고 어떤 눈 소식도 없었는데
별안간 눈이 내리기 시작했다.
힘없이 내리는 모습으로 보아 아침이면 그칠 것 같았다.
자동차 유리창으로 떨어지는 눈을 바라보다
문득 그런 생각이 들었다.

아침에 일어난 사람들은 어쩌면
새벽에 눈이 내렸다는 사실조차 모를 수도 있겠구나.
내가 일찍 길을 나섰을 때 젖은 바닥만 봤지
눈발은 하나도 보지 못했던 날처럼.

난 꼭 그게 사랑 같이 느껴질 때가 있었다.
언제부터 눈이 내리기 시작했는지 선명하게 알고 있는
사람과
아침에 일어나 창문을 열어보고 나서야
함박눈이 내리고 있는 걸 안 사람

나를 언제부터 좋아했어? 라는 물음에
그렇게 답한 적이 있었다.

나도 모르겠어.
창문을 열어보니까 눈이 내리고 있던데?

위로가 되어주는 것

*

　망원동에 작업실을 구한 지 벌써 2년이 됐다. 12월 31일에 작업실을 알아보려고 친구와 함께 부동산을 찾았었다. 둘 다 그렇게 꼼꼼한 성격은 아니라 세 곳 정도 둘러보고 바로 계약을 했다. 창문이 많고 층고가 높고 조용해서 좋다는 게 우리 둘의 의견이었다. 그리고 무엇보다 부동산 중개를 해주시는 분이 나쁜 마음을 가진 사람 같지는 않았다. 사실 부동산이나 자동차 같이 잘 모르는 분야는 속이려면 얼마든지 속일 수 있다는 게 개인적인 생각이다. 예전에 중고차를 사러 갔을 때도 솔직하게 말한 적이 있다.

"제가 아무리 꼼꼼하게 준비한다고 하지만 마음먹고 저를 속이려면 얼마든지 속일 수 있잖아요. 그러니까 그냥 믿을게요. 괜찮은 차 맞죠?"

그렇게 가져온 차를 일 년 만에 팔아버리긴 했지만 차 자체는 아무 문제 없이 정말 좋은 차였다. 그 뒤로부터 내 생각에 더 믿음이 생겨서 내가 모르는 분야의 일을 누군가에게 맡기거나 도움을 받아야 할 때가 있으면 전적으로 믿는 편이다. 최소 못해도 2년은 지낼 곳이었는 데 둘러보고 계약하기까지 채 삼십 분이 걸리지 않았다. 그렇게 작업실 계약을 하고 1월 2일부터 직접 꾸미기 시작했다. 사무실이었던 공간이라 회색 페인트로 띠가 둘러져 있어서 그것부터 흰색으로 덮는 작업을 했다. 전등을 갈고 가구들을 하나둘씩 조립했다. 며칠을 작업실로 출근했는데 가면 갈수록 좋은 점들이 하나둘 씩 보이는 게 아닌가.

우선 주차가 생각보다 편했다. 건물에 주차가 꽉 차 있어도 주변에 주차를 할 수 있는 곳이 많았다. 지하철 역과도 가깝다는 중개인의 말이 있었는데 실제로 입구에서 걸어서 5분이 채 걸리지 않았다. 게다가 정말 조용했다. 밤 8시가 넘어가면 어떤 우주에 이 공간만 떠다니는 것 같은 기분이 들 정도로. 그리고 무엇보다 좋았던 건 집으로 돌아가는 길이 완벽했다는 것이다. 우리 집으로 돌아가는 길은 올림픽대로와 강변북로가 있는데 작업실에서 나와서 5분만 운전하면 바로 강변북로를 탈 수 있었다. 심지어 삼 분 정도만 더 가면 올림픽대로로 빠질 수도 있고 강변 북로를 쭉 타고 집에 갈 수도 있었다. 우리 집으로 갈 수 있는 모든 길이 작업실 뒤편에서 이어지고 있었던 것이다.

그 사실을 확인하고 나서는 사람을 맹목적으로 믿었던 선물이라고 생각했다. 2년이라는 기간 동안 그 길을 정말 수백 번도 더 왔다 갔다 했다. 어느 날은 어떤 기쁨과 함께했고 어느 날은 사랑하는 사람이 내 옆에 타 있기도 했다. 어떤 날은 정말 울고 싶은데 울 곳이 없어서 차 안에서 울면서 집으로 갔던 적도 있다.

유독 지치는 날이었다. 아무런 생각도 없이 운전하다가 그만 빠져야 할 곳에서 빠지지 못했다. 조금 더 가다가 어떻게든 될 거라는 마음으로 처음 보는 길로 방향을 틀었다. 얼마나 더 달렸을까. 결국 한 번도 가보지 않은 길도 가끔 가던 쇼핑몰 뒤쪽으로 이어지고 있었다. 이쪽으로도 집에 갈 수 있구나, 하는 생각을 하면서 일차선 도로를 달리고 있을 때 정말 입으로 소리 내어 우와, 라는 말을 뱉었다.

좁은 길이 끝나는 언덕 왼쪽으로 근래 본 것 중에 가장 아름다운 풍경이 자리 잡고 있었다. 한강과 몇 해 전에 들어왔다던 호텔 불빛, 근처에 있는 요트들이 마치 외국에 있다는 착각이 들 만큼 아름답게 빛을 내고 있었다. 그 짧은 순간 창문을 열고 시원한 바람을 맞았다. 하루는 1,440분이라던데 그 속에서 정말 그 2분도 안 되는 시간이 어찌나 위로가 되던지. 온종일 겪었던 스트레스와 피로가 사라지는 기분이었다. 그날 이후로 어딘가로 도망가고 싶은 날이면 일부러 좀 돌아가더라도 그쪽 도로를 달리고는 했다.

생각해보면 늘 이렇게 사소한 것으로부터 위로를 받았던 것 같다. 우연히 라디오를 틀었는데 내가 좋아하는 노래가 나온다든가, 퇴근하고 집으로 올라가기 전에 편의점에 들러 맥주 네 캔을 산다든가, 조금 돌아갈지라도 야경이 예쁜 도로를 달린다든가. 가끔 삶이 야속하게 느껴지다가도 다행이라는 생각이 드는 것도 이 때문일 것이다. 나를 위로해주는 것들은 생각보다 사소하니까.

짐 두 개를 들고 산에 오르는 일

✳

　나에겐 특이한 취미가 하나 있다. 남들이 모르는 음악과 장소를 정말 열심히 찾는 것이다. 언제부터 생긴 취미인지는 기억나지 않지만 오랫동안 그래왔다. 남들이 모르는 가수의 노래를 찾아 듣는 일이 좋았다. 유명한 곳보다는 내가 끌리는 장소를 찾아 그곳으로 떠나는 길도 즐겼다. 파주에 있는 산 하나도 그렇게 알게 됐다. 우연히 인터넷을 돌아다니다가 사진 한 장을 보았다. 길게 쭉 뻗은 나무들 사이에 작은 텐트 하나가 있는 모습이었다. 흔히 아름다운 숲 하면 떠오르는 편백나무처럼 길게 쭉 뻗은 나무들이 촘촘하게 자리 잡고 있었다.

사진 한 장을 가지고 이틀 정도 찾다가 그곳이 우리 집에서 그리 멀지 않다는 사실을 알게 됐다. 심지어 사유지인데 주인이 언제든 와서 쉬다 가라며 일반인에게 개방해놓았다는 것까지 알게 됐다. 나무 사이에서 영화나 한 편 보면 좋을 것 같아 짐을 챙겨 파주로 출발했다. 근처 적당한 곳에 차를 세우고 이것저것 챙기기 시작했다. 아무리 혼자라지만 앉을 의자도 필요했고 영화를 보려면 노트북 가방과 테이블이 필요했다. 도저히 산에 오르는 사람이라고는 믿기지 않을 만큼 짐을 들고 올라가기 시작했다. 산 초입은 공사를 하는지 여러 사람이 모여 있었다. 그 사이를 지나가고 있는데 한 어르

신이 조용히 말을 건네셨다.

"안 무거워요? 우리보다 짐이 많네."

"네. 괜찮아요. 와보고 싶었던 곳이라서요."

웃으며 대답하고는 다시 가던 길을 마저 걸었다. 얼마 지나지 않아서 사진에서 본 것과 같은 장소가 나왔지만, 더 올라가면 더 멋진 장소가 나올 것 같아서 계속 걸었다. 한 시간 정도 걸었을까. 점점 험한 길만 나오고 더는 6월의 더위를 견딜 수 없을 만큼 지쳐가고 있었다. 앉을 수 있는 평지가 나오는 게 아니라 산 정상에 가까워지는 것 같았다. 아무래도 처음에 봤던 곳이 맞는 것 같아서 올라왔던 길을 그대로 내려와 처음에 봤던 곳으로 향했다. 사진에서 보던 곳과 비슷한 장소를 한 시간 반 만에 찾았다. 많이 돌아오긴 했지만 아무도 없는 숲속에서 영화를 보는 기분은 세상을 다 가진 것만 같았다. 내가 숲속으로 들어온 것이 아니라 숲이 나를 허락해준 것 같은. 바쁘다는 이유로 조금씩 끊어 봤던 영화를 마저 봤다.

영화를 보는 내내 좋다, 라는 말을 입으로 열댓 번은 더 뱉었다. 아무도 없는 숲과 빼곡한 나무들. 누가 볼륨을 최대로 키워놓은 듯이 선명하게 들리는 새소리. 현실적이지 않은 아름다움을 목격하면 실소할 때가 있다. 좋다, 라는 말을 뱉으며 웃었다. 그 웃음은 너무 아름다운 풍경 속에 머물고 있다는 이유도 있겠으나 산속이라고는 믿기지 않을 만큼 많은 짐을 가져온 나 자신이 웃긴 이유도 있었다. 어떻게 이 많은 걸 들고 산에 오를 생각을 했을까. 초입까지만 오른 것도 아니고 더 아름다운 곳이 있을 거라며 정상 가까이 올라갔을까. 마침 그때 본 영화의 내용도 그랬다. 자고 일어나면 매일 얼굴이 바뀌는 남자와 한 여자가 사랑에 빠지는 내용이었다. 어떻게 매일 얼굴이 바뀌는 사람과 사랑에 빠질 수 있을까 싶었지만 그 마음을 조금 알 것 같기도 했다. 아무도 모르는 풍경을 사랑한다는 이유로 가방 몇 개를 들고 산에 오르는 내 모습과 별다를 게 없는 마음일 테니까. 사랑은 언제나 불가능을 가능하게 한다.

불안한 사람들

✳

집에서 늦은 시간까지 일하고 있을 때였다. 친한 동생에게 전화 한 통이 걸려왔다. 술 마시고 있다는 이야기를 들은 터라 받을까 말까 고민했다. 이야기가 길어질 것 같은데 해야 할 일이 가득 쌓인 날이었다. 좀 이따 전화 걸겠다는 메시지를 보내고 마저 작업을 이어갔다. 한 시간쯤 지났을까. 도저히 집중되지 않아서 슬슬 정리하고 있을 때 한 번 더 전화가 왔다. 조금만 이야기 나누다가 일찍 자려고 했었는데 통화를 무려 오십 분이나 했다. 그것도 남자 둘이서. 길고 또 길었던 이야기를 요약하자면 이렇다.

"나 지금 힘들어."

"어떻게 살아가야 할지 모르겠어."

연애에 관한 불안은 아니었다. 앞으로 어떻게 살아야 하는지, 지금 잘 살고 있는 건지, 자신이 무엇을 잘할 수 있는지 하는, 원초적인 불안이었다. 낮에 일 때문에 누군가를 만나고 온 뒤로 생각이 많은 모양이었다. 취해서 농담이나 주고받으려고 전화한 줄 알았는데 생각보다 진지한 태도에 오랫동안 이야기를 들어줬다. 그러다 나도 맥주 한 캔을 꺼내 마시면서 이야기가 본격적으로 이어지기 시작했다.

나도 불안을 자주 많이 느끼는 사람 중에 한 명이었다. 사연 많은 삶을 살아오면서 불안이란 것은 늘 지독하게 나를 괴롭혔다. 아버지가 아프시고 나서부터는 언젠가 세상을 떠날지도 모른다는 불안으로 매일을 살았고 가장 아닌 가장이 됐을 땐 내가 내린 선택들이 어떤 결과를 가져올지 몰라서 매일 초조해하며 살았다. 그런 시간 속에서 겨우 하고 싶은 일이 생겼는데 하필 그것도 대중의 선택을 받아야만 하는 직업인지라 작업을 하거나 작업을 하지 않는 동안에도 늘 불안해하며 살았다. 과연 내가 사람들에게 선택받아 읽힐 수 있을까. 이런 생각들이 머리를 가득 채울 때마다 술을 마셔본 적이 있다. 미친 듯이 공원을 달렸던 적도 음악을 들었던 적도 있다. 심지어 인터넷에 불안해하지 않는 법을 검색해본 적도 있다. 그 무엇도 도움이 되지 않아서 혼자 오랫동안 불안에 대해서 생각했었다.

　나는 어릴 때부터 섬세한 편이었다. 학교에서 친구들과 똑같이 장난치고 학원 가고 그랬어도 집으로 돌아오는 길에 나비를 종일 구경했던 적이 많았다. 아스팔트 위에 꽃이 피면 도대체 이건 어떻게 태어났을까 싶어 한참을 바라봤던 적도 있다. 학원이 끝난 나를 엄마가 기다리고 있었는데도 작은 것들을 구경하느라 집에 도착해야 하는 시간보다 한 시간이나 늦게 도착하는 날이 많았다. 분명 혼날 법도 한데 엄마는 나를 보고 웃고 있었다. 그럼 난 또 엄마는 왜 나를 혼내지 않고 웃어주는 것인가, 하는 고민을 했었다. 내가 세상을 그렇게 바라보니까 다른 사람들도 다 그렇게 바라보는 줄 알았다. 하지만 어른이 될수록 그렇게 작은 것들에 관심을 가지는 사람이 생각보다 별로 없다는 사실을 알게 됐다. 감성적으로 사는 사람보다 그렇지 않은 사람이 훨씬 많다는 것 또한.

그랬던 것과 비슷하게 항상 삶이 불안정했으니 내가 해결하고 이겨내야만 하는 문제들 속에서도 늘 나는 왜 태어났을까. 내가 할 수 있는 건 뭘까. 무엇을 해야 올바른 것이고 어떻게 사는 것이 잘 사는 것인가, 하는 고민 역시 끊이질 않았다. 어릴 때 내 시선으로 세상을 바라봤던 것처럼 이런 고민 역시 모두 다 하면서 사는 줄 알았다. 근데 또 살다 보니 그게 아니더라. 그런 고민을 하지 않는 사람들이 내가 생각하는 것보다 훨씬 많았다. 불안에 대해서 오랫동안 생각하고 내린 결론은 그렇다. 어떻게 살아야 하는가, 고민하는 것만으로도 이미 잘 살고 있다는 뜻이다. 시간 낭비하는 사람과 생각없이 지내는 사람들이 얼마나 많은데. 그 속에서 잠 못들면서까지 그런 고민하는 것 자체가 얼마나 귀한 일인지. 모르긴 몰라도 유명하든 유명하지 않든 많이 가졌든 많이 가지지 못했든 불안에 떠는 사람들은 세상에 정말 많을 것이다. 불안은 성실하게 삶을 살아가는 사람들의 그림자 같은 거니까. 이 결론에 도달한 뒤로는 불안하다는 감정이 크게 다가올 때면 내가 열심히 살고 있구나, 라는 생각을 하고는 했다. 오십 분이나 넘게 통화를 했던 동생도 이 이야기를 듣고 나서야 웃으면서 전화를 끊었다.

만약 이 글을 보는 사람이 전화를 걸었던 동생과 비슷한 마음이라면 이렇게 생각해줬으면 좋겠다. 어떻게 살아야 하는지를 아프도록 고민하는 것만으로도 이미 잘 살고 있는 거라고. 열심히 살아가면서 세상에 기대하는 것만큼 삶은 언제나 불안정할 테지만 누구보다 멋있게 잘 살고 싶은 우리들은 늘 해답을 찾을 것이다.

어버이날

글쓰기 수업을 할 때면
일주일 동안 어떻게 지냈냐는
이야기를 주고받는다.
한 분이 꽃을 사 오는 길이라고 하셨다.
좋은 일이 있냐고 물었더니
오늘이 어버이날이라는 대답이 돌아왔다.

바쁘게 사는 게 뭐 대수라고
이런 것도 잊고 살까 싶어서
수업 내내 마음이 편하지 않았다.
수업이 끝나면 밤 열 시가 넘는 터라
용돈을 더 드릴까 했지만

아버지도 나처럼 꽃을 좋아하시기에
근처 꽃집에 전화를 돌렸다.
다행히도 늦게까지 하는 곳을 찾았다.

꽃은 한 송이 밖에 심겨 있지 않았지만
제법 크고 건강해 보였다.
사랑합니다, 라는 작은 푯말이 심겨 있는
화분 하나를 들고 집으로 향했다.
아버진 자려고 막 누우셨는지
방 불을 꺼놓은 상태로 인사를 건네셨다.

아빠, 어버이날.
짧은 말로 화분을 건넸다.
아버진 뭐 이런 걸 사 왔냐면서
그래도 고맙다고 말씀하시고는
자리에서 일어나 거실로 향하셨다.

다음날 싱크대 옆에
화분이 예쁘게 올려져 있었다.
금방 물을 준 것처럼
잎에 물기가 가득했다.

아버지가 돌아가시고 나서
함께 살던 집을 정리할 수가 없어서
그 집에 나 혼자 살았다.
아버지가 하셨던 집안일을
내가 도맡아 하게 됐다.
빨래가 밀리는 날이 많았다.
이미 벌여놓은 일이 너무 많아서
싱크대에 그릇이 쌓일 때도 잦았다.

어느 날 누나한테서 메시지가 왔다.

아빠가 자꾸 꿈에 나와서

베란다에 있는 화분에도

물 좀 주라고 잔소리를 한다는 것이다.

그게 뭐 어려운 일일까 싶어

화분들에 물을 주기 시작했다.

그래, 언젠가 시장 다녀오시는 길에

작은 화분을 여러 개 사 오셨었는데

하나에 천원 밖에 안 한다고 좋아하셨다.

그 작은 꽃들이 어디에 심어졌을까 싶어

고개를 숙이다가 그만 울어버리고 말았다.

화분들 사이에 사랑합니다, 라는 푯말이

살포시 박혀있었다.

말라버린 꽃은 버리고

흙은 베란다에 있는 화분에다가

뿌리셨다는 이야기는 들었었는데

그때 이 풋말도 같이 심어놓으신 걸까.

다정한 사람. 그래, 아버진 다정하셨다.

눈을 감고 나와 같은 자리에 서서

화분에 풋말을 심었을 아버지를 떠올렸다.

따뜻했다.

사랑 2

1. 하지 않겠다고 다짐했다가

다시 하는 것.

2. 이번에는 다르다고 이야기했지만

결국 똑같아지는 것.

이별

왜 우린 만질 수 없을 만큼 멀어져야

그 어느 때보다 가까워지는 걸까.

아름다움

"이렇게 아름다웠었나?"

옆자리에 탄

그녀의 말을 듣고 나서야

나도 세상이 아름답게 느껴졌다.

어른이 된다는 것

✲

　고등학생 때 주유소에서 아르바이트를 한 적이 있었다. 동네에 있는 작은 곳이었다. 같이 일하는 친구들도 여럿 있어서 아르바이트의 기억치고는 좋았던 기억이 많다. 제일 좋아했던 건 다 같이 점심을 먹는 시간이었다. 뭐라고 불러야 할지 모르겠을 아저씨 한 분이 계셨다. 나와 같은 아르바이트생이라고 하기에는 나이가 좀 있으셨는데 항상 직접 요리해주셨다. 그렇다고 또 요리만 하시진 않고 같이 기름도 넣고 그랬다. 학생 때야 돌아서면 배고플 나이긴 하지만 그 때문에 점심시간을 좋아했던 건 아니다. 사람들은 아저씨가 좀 멍청해 보인다면서 놀리고 무시하는 경향이 있었지만 난 그분이 좋았다. 원래부터 요리하던 사람이 아닌 어느 순간 필요에 의해서 요리를 하게 된 사람의 투박한 맛이 났다. 그 투박한 맛이 아버지를 닮아있어서 자꾸 신경이 쓰였다. 음식을 다 차리시고는 밥 먹으라며 우리를 부르시는 표정 역시 아버지처럼 다정하셨다. 이상하게도 꼭 밥을 먹기 시작하면 손님들이 몰려왔다. 아저씨와 우리는 밥 먹을 때마다 손님이 온다며 너스레를 떨고는 했었다. 장사가 안 될 때면 밥을 먹자는 이야기도 하면서.

하는 일은 여느 아르바이트와 다를 게 없었다. 기름을 넣을 때 경유인지 휘발유인지 자세히 확인하고 넣는 것. 치우고 쓸고 닦는 일을 자주 하는 것. 날이 더운 날에는 주유소 바닥에 물을 뿌려 온도를 낮추는 정도였다. 점심을 먹을 때면 손님이 그렇게 많던 주유소가 점심을 다 먹고 나면 마치 약속이라도 한 듯 한가해져 있었다. 그럴 때면 의자에 앉아서 멍하니 도로를 바라보다가 그것마저 지루해지면 친구들끼리 모여 가위바위보를 했다. 한번 이기면 100원을 주는 내기를 걸고서는. 결국 동전은 한 번도 오간 적 없이 서로가 가져갈 금액이 0원이 될 때까지 하곤 했다. 그마저도 재미가 없는 날에는 생각을 많이 하며 시간을 보냈다.

카드 결제기와 영수증들이 모여 있는 작은 공간에 앉아있다 보면 여러 생각이 떠올랐다. 난 그때 자동차라는 것을 운전하면서 기름을 넣으러 오는 사람들이 너무 어른처럼 보였다. 내가 절대 닿을 수 없는 삶이랄까. 운전을 하면서 몇만 원이 넘는 기름값을 지불하기 위해 아무런 표정 변화도 없이 카드를 내미는 그 모습을 보면서, 나도 어른이 되고 싶다는 생각을 자주 했다. 가고 싶은 곳을 언제든 갈 수 있고 사랑하는 사람들과 떨어져 앉아야 하는 게 아닌 한 차에 같이 앉아서 가는 것을 상상만 해도 두근거렸다. 무언가를 살 때 멋지게 카드도 내밀어야지, 하는 생각을 하기도 했었다.

그때 내 눈에 들어왔던 어른은 그랬다. 자유롭고 경제력 넘치고, 강해 보였다.

며칠 전에는 그때 일했던 주유소에 들렀다. 십 년 정도 흐른 뒤였다. 여전히 그때와 같은 동네에 살고 있었지만 많은 사람이 그렇듯 한 번 일했던 곳은 잘 가지 않게 된다. 이상하게 그렇게 된다. 근처에 있는 주유소를 이용하다가 도저히 이 기름으로는 집에 갈 수 없을 것 같아 들른 거였다. 시간이 흐른 만큼 주유소에는 셀프 기계가 자리를 잡고 있었다. 익숙하게 기름을 넣으며 주유소를 천천히 바라봤다. 그래 저기서 밥을 먹었었지. 그래 저쪽에 앉아서 도로를 멍하니 바라보고는 했었지. 그때의 내 흔적을 따라가다가 그런 생각이 들었다. 왜 그렇게 어른이 되고 싶어 했을까? 저 의자에 앉아서 뭘 그렇게 부러워하면서 사람들을 바라봤을까? 물론 그때 바라봤던 사람들처럼 자유로워졌고 학생 때는 쓸 수 없던 돈도 편하게 쓸 수 있는 경제력이 생겼다. 하지만 이 두 가지를 얻기 위해서 잃은 게 너무 많다는 생각이 들 때가 많다.

언제 가위바위보 하던 날처럼 웃어봤는가. 오늘 먹은 점심은 그 시절 먹었던 점심보다 한참은 더 비쌌던 것 같은데 왜 이렇게 허기가 지는 것일까. 살아가면서 기쁘다, 슬프다, 행복하다, 하는 감정들을 느끼며 살아야 하는데 어른이 될수록 무표정인 날이 많아진다. 그러고 보니 자동차 창문으로 비치는 내 모습이 그 시절 내가 본 어른들의 표정과 비슷한 것 같기도 하다.

이해

✻

예전에 만났던 사람은 병원 가는 걸 지독하게 무서워했었다. 반대로 몸은 건강한 편이 아니라 자주 아프곤했는데 그때마다 병원에 가자며 실랑이 아닌 실랑이를 벌였다. 결국 찾은 타협점은 내가 함께 가는 것이었다. 그녀가 아플 때면 보호자로 함께 가고는 했다.

몸이 안 좋다는 말에 병원을 찾았다가 다툰 날이 있었다. 그날따라 사람이 많아서 진료를 보려면 사십 분이상 기다려야 했다. 나는 기다리자고 했는데 그 친구는 다음에 오자는 것이다. 병원에 데려가려고 한 시간이나 운전을 하고 며칠 지나면 몸이 더 안 좋아질지도 모르는데 다음에 오자니. 커피 한 잔 마시고 오면 시간 딱 맞을 것 같은데 기다리자고 말했더니 돌아오는 대답이 그랬다. 나는 아직도 병원이 무서워. 문 밖에 서서 십 분이나 설득한 끝에 결국 진료를 봤다. 생각보다 무섭지 않았는지 한결 가벼운 표정으로 병원을 나섰던 기억이 있다. 그날 그 친구는 문 밖에 서서 자신이 병원을 얼마나 무서워하는지에 대해서 설명을 했었다. 가만히 그 이야기를 들으며 차분하게 회유했지만 끝내 하지 못한 한 마디가 있었다.

"나도 병원 오는 거 진짜 싫어해. 특히 내가 보호자인 건."

내가 스무 살이 되던 해에 아버지가 아프기 시작하면서 내 또 다른 이름은 보호자였다. 아버지와 단둘이 살고 있었으니 피할 수도 어떻게 할 수도 없는 당연한 일이었다. 몇 번 책에 쓴 적이 있었지만, 병원이라는 말만 들어도 정말 견딜 수 없을 만큼의 스트레스가 있었다. 차라리 내가 진료를 보러 가는 거면 괜찮은데 보호자라는 직책이 나에게 주어지면 오랜 시간 동안 병원에서 시달렸던 기억이 다 떠오르는 기분이었다. 처음에는 그러지 않으셨는데 병원 생활이 오래, 그것도 자주 반복되면서 아버지는 점점 진료에 협조적인 태도를 보이지 않으셨다. 난 도대체 왜 우리 아버지만 이러는 걸까 싶어서 병원을 둘러보면 곳곳에 문구들이 붙어있었다. 환자와 의료진이 다투는 이유. 의료진과 보호자가 다투는 이유. 내가 모를 뿐이었지 이런 일이 수두룩하게 일어나고 있었다.

아버지가 진료에 협조하지 않는다고 병원에서 전화가 오거나 지나가는 나를 붙잡고 간호사가 하소연할 때면 병실로 들어가 아버지한테 큰 소리를 내고는 했다. 도대체 왜 그러는 거냐면서. 아버지가 그나마 무서워하던 건 나였기에 한껏 풀이 죽은 채로 계시다가 조용히 어떤 이유를 말씀하셨다. 그 이유를 들어보면 아버지도 나름의 사정이 있는 건 맞았다. 이야기를 듣고 나면 나는 항상 이렇게 말했다.

"이해는 하는데……. 그러면 안 되지."

도저히 아버지가 이해되지 않는 날이면 나도 누나에게 하소연했다. 아니면 누나와 함께 병원을 찾았다가 근처 카페에서 아빠가 저번에는 또 그랬어, 라는 이야기를 주고받으면서 고개를 절레절레 저을 때가 많았다. 그리고 그때 누나와 내가 했던 말도 항상 그랬다.

　"이해는 하는데……. 그러면 안 되지."

　이제 와서야 생각하는 거지만 나는 과연 아버지를 이해했던 것일까. 번듯한 취미 하나 없으신 아버지가 병원 침대 위에 누워서 느꼈을 허무와 권태를 조금이나마 이해했을까. 아무도 없는 작은 집조차 이렇게 고독한데 어느 순간 텅 비어버린 아버지의 삶은 얼마나 쓸쓸했을까. 사람이 두통만 있어도 그렇게 예민해지는데 온몸이 아프셨던 아버지가 느꼈을 고통을 과연 내가 알 수 있을까. 이제 자신에게 남은 건 희망이 아니라 천천히 죽어가는 일뿐이라는 걸 느꼈을 사람의 기분을 내가 알 수 있을까. 예전에는 무엇이든 가볍게 들었는데 어느 순간부턴 몸을 숙이지도 못하게 됐을 때 느낀 패배감을 내가 알 수 있을까.

아버지를 이해한다고는 말했지만, 사실 내가 이해했던 건 병원에서 일하는 사람들의 입장이었다. 한 명 한 명 집중적으로 치료를 해줄 수 없을 만큼 인력이 부족하고 마음의 치료까지 바라는 건 환자의 욕심일지도 모른다는 생각으로 병원 사람들을 이해했다. 협조적이지 않았던 아버지의 태도를 대신해 간호사님들께 사과하고, 병실로 들어가 소리 지르지 않고 가만히 아버지의 이야기를 들어줬다면 어떻게 됐을까. 아버지가 나에게라도 무언가를 털어내고는 병원에서 조금은 웃었을까. 나만이라도 아버지 편을 들어주지 못한 것을 아직까지 후회하고 있다. 만약 정말 이해했다면 화를 내는 대신 괜찮다고 말해줬을 텐데. 안아주거나 옆에 가만히 앉아 고개를 끄덕였을 텐데. 그날 이후로 누군가의 말에 이해는 하는데…라는 대답을 시작으로 내 생각을 전달하지는 않는다. 그렇게 말한다는 건 아무것도 이해하지 못했다는 걸 누구보다 잘 안다.

오래가는 사이

☆

친구랑 동업을 한 지 삼 년이 다 되어간다. 동업이라고 거창하게 말하긴 했지만, 가끔 커피를 내리고 창작과 관련된 일을 하는 것뿐이다. 흔히 친한 사이가 함께 일하면 조심해야 한다고 하는데 별 탈 없이 잘 지내고 있다. 도대체 왜 그렇게 가까운 사람들끼리 무언가를 시작하면 다투는 것인지 알아봤던 적이 있었다. 마음에는 스위치 비슷한 게 있단다. 그 스위치는 역할로 볼 수 있는데 만약 친구와 동업을 한다면 우리에게는 두 가지의 스위치가 있는 것이다. 친구, 동업자. 동업자의 스위치가 켜져야 하는 순간에 친구라는 역할의 스위치가 켜지면 다툼이 생기는 것이다. 친한 동생 한 명과도 같이 일을 하게 됐을 때 그 녀석이 술자리에서 했던 질문도 그런 이야기였다.

"형들은 다툰 적 없어요?"

물론 의견이 맞지 않았던 적은 많지만 얼굴을 붉히거
나 서로 상처 주는 말을 한 적은 한 번도 없었다. 기본
적으로 비슷한 부분이 많은 게 이유이긴 하겠으나 가장
큰 이유는 서로가 서로의 중심을 잡아주기 때문이었다.
아기들이 넘어졌을 때 정말 크게 다친 게 아니고서는
부모가 하지 말아야 하는 행동이 하나있다. 큰 소리로
놀라지 않는 것이다. 살짝 넘어졌는데 오히려 부모가
크게 놀라면 아이가 불안해한다는 이유에서다. 아무런
다툼 없이 오래 일을 함께 할 수 있는 것도 그 때문이
었다. 내가 어떤 일을 거대하게 바라보면 그 친구는 별
일 아니라면서 나를 위로해줬고 반대로 그 친구가 어떤

일을 신경 쓸 때면 별일 아니라면서 내가 위로해주고는 했다. 누군가와 함께 일하는 거랑 관계를 맺어가며 살아가는 거랑 별반 다르지 않을 것이다. 그동안 별일 아닌 일이 얼마나 거대하게 느껴졌었는가. 그래도 삶을 지속할 수 있는 건 주변에서 나를 잡아주는 사람이 있기 때문이 아닐까. 내가 흔들릴 땐 옆에 있는 사람이 내 중심을 잡아 주고 그 사람이 흔들릴 땐 내가 중심을 잡아주면서. 서로가 서로의 안전장치가 되어주는 것.

확인

잠깐 이야기하자고 했는데
두 시간이나 이야기를 나눴다.
그날, 같이 일하던 동생은
자신이 느끼는 불만을 쏟아냈다.
난 불만이 하나도 없었는데
갑자기 이게 무슨 일인가 싶었지만
있을 수는 있는 일이라고 생각했다.

이야기하는 동생 앞에서
계속 주문을 외웠다.

잘 들어주자. 잘 들어주자.
나에 대해 오해한 것도
그 친구가 잘못한 것도
내가 잘못한 것도 모두 있었다.
다 괜찮았는데 날이 선 말투만은
견딜 수가 없어서
결국 나도 쏘아붙였다.

그건 맞다. 이건 아니다, 하면서.
두 시간이나 나눈 이야기의
마지막 질문은 그랬다.
그래서 저 지금 잘하고 있어요?
아까부터 말하지 않았냐.
충분히 잘하고 있다.
난 네가 너무 잘해주고 있어서
불만이 하나도 없다고
처음부터 말하지 않았냐.
동생은 대답을 한 번 더 듣고 나서야
그럼 알겠다며 잘해보자는 말을 건넸다.

그날 저녁, 글쓰기 수업에서
그 동생이 쓴 글을 읽었는데
마지막 문장에 한 대 맞은 기분이었다.
자기 자신에게 쓴 편지였는데
넌 지금 충분히 잘하고 있어, 라는
문장으로 글이 끝났다.
난 그제야 온종일 그 동생이
왜 그렇게 이야기를 꺼냈는지 알 것 같았다.

그 친구가 자신이 느끼는 답답함을
나에게 이야기하면서 해소한 것이든 아니든
그런 건 중요한 게 아니었다.

누구나 지금 자신이 잘 하고 있는 건지
확인받고 싶을 때가 있지 않은가.
혹여나 잘하지 못하고 있더라도
잘하고 있다는 말을
듣고 싶은 순간이 있는 건데
나는 그 사실을 저녁이 되어서야 안 것이다.

확인받고 또 확인받고 싶어서
묻고 또 물어봤던 건데.
동생의 글을 읽고 나서 마음이 편하지 않아
늦은 시간에 메시지를 보냈다.

어쩌면 네가 원하는 말은
지금 잘하고 있다는 한 마디였을 텐데
너무 늦게 말해줘서 미안하다고.
정말, 충분히 잘하고 있다고.

메시지를 보내자마자 동생에게서 전화가 왔다.
형, 이라고 부르는 목소리가 밝았다.

기분 좋은 꿈을 꾸었어

나에게 어떤 보상이라도
내려주고 싶은 날이 있지.
평소에 잘 먹지도 않는 음식을 시키고
너와 전화를 하고 있었어.

시시콜콜한 이야기를 했지.
전화를 끊으면 어떤 말들을 나눴는지
하나도 기억나지 않지만
좋은 기분만큼은 남아있는 그런 대화.

어느새 도착한 음식을 뜨며

먹고 오겠다고 말했더니 네가 그랬어.

"전화 안 끊으면 안 돼?

아무 말도 안 할 테니까 틀어놓고 먹어."

조금 당황했지만 네가 원하는 거니 알겠다고 했어.

티브이를 보며 음식을 먹었지. 웃다가

물을 마시러 일어났다가 누워서 다시 티브이를 봤어.

몸이 나른해지더니 눈을 떠보니 네 시간이나 지나있더라.

전화기엔 잠들었어? 잘 자, 나도 이제 자려고, 라는

메시지가 와 있었어.

깜빡 잠들었다고 답장을 보내고는

방으로 들어와 마저 잠을 청했지.

다음 날 너는 어제의 네 모습이 바보 같지 않냐고 물었어.

전화 틀어놓으라는 사람이 어딨냐면서.

그거 알아? 글을 쓸 때 상투적인 표현이 좋지 않다는 거?

누구나 다 이야기할 수 있는 말은 좋지 않아.

진짜 하고 싶은 말이 나오질 않거든.

만약 누군가에게 첫눈에 반했는데 그 사실을

첫눈에 반했다는 뻔한 말로 쓰면

진짜 그 감정을 느낀 사람만의 말이 안 나와.

심장 뛰는 소리가 귀에서까지 들렸다고 표현하면

정말 그걸 겪어본 사람만이 할 수 있는 말이 되는 거지.

그 문장이 화려하든 화려하지 않든지 말이야.

그날 네가 나에게 해준 행동이 그랬어.

정말 나를 사랑하지 않으면 할 수 없는 행동이었거든.

백번 천번 사랑한다고 말하는 것보다

내가 생활하면서 나는 소리를 듣고 싶다고 말하는 게

말이야.

예외

*

"근데 상견례를 하면 어디서 만나야 할까?"

한 친구가 질문을 해왔다. 여자친구는 일 때문에 서울에서 살고 있는데 부모님은 고향인 부산에 계신다면서 만약 상견례를 하게 되면 어떻게 하는 게 좋을지 친구들에게 물어본 것이다. 친구네 집은 김포니까 정말 끝과 끝이다. 가운데서 보는 게 좋지 않겠냐. 그것보단 한쪽에서 내려가거나 올라오는 게 좋지 않겠냐. 아니면 서로 한 번씩 내려가고 올라오는 게 좋지 않겠냐, 하는 이야기를 주고받았다. 결국 질문에 대한 명쾌한 답은 내리지 못한 채 대화는 끝났지만.

내년이면 친한 친구들이 다 결혼을 한다. 같이 글 쓰고 작업하는 친구 중에서는 한 명도 결혼을 한 친구가 없지만 동네 친구들은 해가 바뀌면 대부분 가정을 꾸리게 된다. 식장 들어갈 때까지 알 수 없다는 이야기가 우스개처럼 돌아다니지만 옆에서 오랫동안 지켜봐 온 모습으로는 그런 일은 일어나지 않을 것 같다. 이십 대 초반엔 게임 이야기나 군대 이야기, 취업 같은 고민들이 술자리의 전부였다면 사회에서 자리를 잡은 이제는 만나기만 하면 집 이야기를 한다. 집값이 얼마가 올랐네. 집 구하기가 힘드네. 어디로 이사를 하네, 하면서. 대화의 주제가 달라진 것만 보더라도 나이를 먹어가고 있는 게 실감이 났다.

　마냥 철없이 어릴 것 같던 친구들이 우르르 결혼한다고 했을 때, 제일 먼저 들었던 생각은 잘 됐다는 거였다. 잘 됐다는 생각이 든 것과 그 친구들이 별 탈 없이 안정적인 가정을 꾸릴 거라고 확신했던 것도 같은 이유 때문이었다. 세 명 다 지금의 여자친구를 만나면서 삶이 바뀌는 모습을 가까이서 지켜봤기 때문이다. 한 녀석은 성격이 불같았는데 여자친구와 함께 살기 시작하

면서부터 인상 자체가 온순해지기 시작했다. 맨날 노는
거 좋아하고 절제력 없던 친구는 여자친구가 걱정한다
면서 집에 일찍 들어가질 않나, 평소 친구들에게도 고
민을 잘 말하지 않던 한 친구는 여자친구와 술 한잔할
때면 고민을 자주 털어놓는다고 했다.

　그런 모습을 본 적도 있었다. 세 명 중 한 명은 같이
카페를 가면 5분을 채 앉아있지 못하는 사람이었다. 커
피를 시키면 한입에 거의 절반을 마시던 그 친구가 어
느 날 분위기 좋은 카페를 검색하고 있는 게 아닌가. 그
당황스러운 모습을 보고는 카페 가는 거 안 좋아하는 네
가 어쩐 일이냐고 물었더니 예상 밖의 대답이 돌아왔다.

"여자친구가 좋아해.
　요즘엔 예쁜 카페 찾아다니고 커피도 천천히 마신다?"

　비슷한 경험을 한 적이 있었다. 보통 나는 어떤 일을
하든 막상 그 날짜가 닥쳐야 하는 성격이다. 좋아하는
사람과 소풍 갈 일이 있었는데 원래대로였으면 당일 아
침에 부랴부랴 짐을 챙겼을 것이다. 하지만 혹시 모르

는 마음에 며칠 전부터 짐을 챙기기 시작했다. 태어나서 처음으로 종이에 챙겨야 할 목록을 적어가면서 하나씩 확인하고는 했다. 퇴근하고 늦은 저녁에 차에다가 짐을 하나씩 실어놓았다. 하나도 빠짐없이 다 챙기고 나서 뿌듯한 마음으로 엘리베이터를 기다리고 있었는데 거울 속 내 모습을 보면서 이런 생각이 들었다. 내가 이렇게 미리 준비하는 사람이었나? 의외인데? 친구들의 낯선 모습만큼 낯선 내 모습을 보면서 이런 결론에 도달했었다.

누군가를 좋아하면 사람이 바뀌는구나. 고민을 못 말하던 친구가 고민을 털어놓고. 빨리 마시던 커피를 천천히 마시고. 미리 준비하지 않던 사람이 미리 준비하는 것처럼. 누군가를 진짜 좋아하면 예외인 것들이 많아진다.

마지막 수업

＊

  책을 낼 때마다 한두 번씩은 꼭 글쓰기 수업이야기를 한다. 벌써 3년이 넘게 작업실에서 글쓰기 수업을 하고 있다. 오랜 시간 동안 진행 방식과 내용이 조금씩 바뀌긴 했지만 첫 수업과 마지막 수업만큼은 그대로다. 아무래도 낯선 사람들끼리 만나기 때문에 낯을 가리는 경우가 많다. 첫 수업엔 이것저것 질문을 하면서 이야기 나누는 시간을 길게 잡는다. 긴장한 마음을 풀고 친해지는 데는 대화만한 게 없으니까. 그 질문들 사이에는 어떤 이유로 수업을 신청하게 됐는지 묻는 시간이 있다. 나는 이야기를 듣고 나면 반대의 이야기를 한다. 왜 이 수업을 열게 됐는지.

창작을 하고 싶다고 처음 느꼈던 건 음악 때문이었다. 어느 날 친구가 음악을 하나 들려준 적이 있었는데 좋다는 말로는 표현이 안 될 정도로 충격적이었다. 마음 깊숙한 곳에 묻어두고 살다가 우연히 싸이월드에 음악 알려준다는 글을 보고 전화를 걸었다. 혼자 쓰고 부르고 끼적거렸던 걸 제외하면 누군가에게 배우는 것으로 첫 문을 연 것이다. 아쉽게도 나에게 예술을 알려주셨던 선생님은 다정한 사람이 아니었다. 흔히 우리가 예술가에 대해 가지고 있는 부정적인 견해들을 많이 가지고 있는 사람이었다. 글을 써갔는데 그게 마음에 안 드실 때면 뭐가 부족하다고 자세히 알려주긴보단 무언가가 없다는 말씀을 하시는 분이셨다. 그럼 글을 받고 돌아서면서 계속 스스로에게 물어볼 수밖에 없었다. 도대체 뭐가 없다는 거지?

그렇게 사고처럼 시작한 음악을 그만두고 글을 썼었다. 라디오 광고도 쓰고 대기업 카피도 쓰다가 이제는 책을 쓰고 있다. 십 년이 넘는 시간이 지나고 나서야 느꼈던 건 누군가가 조금만 다정하고 섬세하게 알려줬다면 생각보다 그렇게 어려운 일은 아니었다는 거다. 쉽게 이해할 수도 있는 걸 너무 오랜 시간 동안 천천히 이해한 것 같아서 수업을 열었다. 어딘가에 나처럼 방황하는 사람들이 있지 않을까 해서. 그 사람들에게 조금만 섬세하고 다정하게 알려주면 그 시간을 줄일 수 있지 않을까 싶어서.

보통 수업은 이야기를 나누고 내가 가져온 것을 함께 보고 글을 쓰는 시간으로 끝난다. 수업 시간에 쓴 글을 읽고 이렇게 쓰는 것도 좋겠어요, 이건 정말 잘 썼어요, 라는 이야기를 자세히 주고받는 편인데 마지막 수업에는 그런 시간이 없다. 그것도 이유가 있다. 음악 한 번

해보겠다고 6년이란 세월 동안 별다른 추억 없이 일만
하면서 살았다. 일하거나 작업하는 게 전부라서 친구들
과의 술자리에서 끝까지 남아있어 본 적도 없었고 여행
은 가본 적도 없었다. 성대 수술에 심지어 발음이 좋아
지겠다고 설소대까지 제거했었는데 아무런 진전이 없
자 지칠 대로 지쳐있었다. 눈을 떠 보니 이십 대의 절반
이 지나가고 있었다. 어느 날 수업을 들으러 가기 전에
시간이 좀 남아서 햄버거를 먹고 있었는데 이젠 그만해
야겠다, 싶었다. 이유는 모르겠다. 그동안 힘들었던 일
이 쌓였다가 혼자 밥을 먹을 때 터진 건지 그날 햄버거
에 누가 뭘 탄 건지는 모르겠어도 대낮에 햄버거 먹다
가 음악 그만둬야겠다는 생각이 들었다. 이미 이별이
예정되어 있던 지친 연애를 끝내듯 선생님께 이제 그만
하겠다는 메시지를 보냈다. 오래 붙잡고 있던 것을 마
침내 내 손으로 놓았을 때 익숙하던 서울 한복판이 얼
마나 낯설게 느껴지던지. 얼른 동네로 돌아가고 싶어서
버스를 탔다. 신촌, 홍대, 합정을 지나가는 버스에 앉아
창문으로 나와 비슷한 또래의 사람들을 바라보면서 이
런 생각을 했다.

"이제 내 인생은 끝났다."

　음악 한 번 해보겠다고 대학교도 자퇴하고 일해서 번
돈조차도 다 써버렸는데 이젠 내게 무엇이 남았나. 모
든 삶을 창작하는 데 맞춰놨다가 그 한 조각이 빠지니
우르르 무너지는 기분이랄까. 다정하지 않은 사람이었
더라도 내가 만든 결과물이 좋다, 나쁘다고 이야기 해
주는 사람이 있었는데 이젠 그 사람마저 사라지니 혼
자서는 도저히 불가능할 것 같았다. 이게 벌써 오 년도
더 된 일이다. 결론부터 이야기하자면 내 인생은 끝나
지 않았다. 여전히 이어지고 있으며 오히려 그 전보다
더 튼튼한 모습이다. 만약 버스를 타고 집에 가던 그 순
간으로 돌아갈 수만 있다면 나에게 꼭 말해주고 싶었
다. 인생 그렇게 쉽게 안 끝나. 그리고 배우지 않더라도
계속 음악 할 수 있어. 그때의 나에겐 그런 말을 해주
는 사람이 단 한 명도 없었으니까. 만약 단 한 명이라도
있었다면 그날 돌아와서 일하는 대신 다시 가사를 쓰고
노래를 불렀을지도 모른다. 내 인생이 끝났다고 버스에
앉아 울 시간에 여행 계획을 세웠을지도 모른다. 내가
글을 읽고 고쳐주는데 익숙해져 있던 사람들한테 그렇

지 않더라도 계속 글 쓸 수 있다고 말해주고 싶어서 마지막 글은 따로 이야기를 주고받지 않는 것이다.

이 글을 읽는 사람들에게 말해주고 싶은 것도 비슷하다. 만약 당신이 좋아하는 게 있다면 꼭 누군가에게 배우지 않아도 할 수 있다는 것과 혹여나 내가 원하는 것을 이루지 못했더라도 삶은 끝나지 않는다는 것을. 기대하고 사랑하고 열심히 했던 만큼 상처받고 슬플 뿐, 인생은 그렇게 쉽게 망하지 않는다는 것을. 앞으로 어떤 일이 펼쳐질지 모르는 게 삶일 텐데 미리 스스로를 패배자처럼 대하지 않았으면 해서 이 글을 썼다. 어딘가에 나와 비슷한 사람들이 또 있지 않을까 해서. 한 명만 말해주면 괜찮을 텐데, 그 한 명이 내가 되어주면 괜찮지 않을까 해서.

문자메시지

생일 축하해

메리 크리스마스

더는

받아볼 수 없는 이야기.

다시 사랑할 수 있는 사람

✳

　가끔 내 직업을 설명해야 할 때가 있으면 오래 생각하고 그 생각을 글로 정리해서 말하는 직업이라고 표현해. 내가 내린 정의답게 크고 작은 생각을 자주해. 다양한 글을 쓰고 싶은 마음에 다른 사람들은 어떤 고민을 가지고 사는지 궁금해할 때도 많지. 가끔 인스타그램에서 질문을 받거나 한 때 음악 방송 DJ를 했을 때도 그랬고 행사장에서 편지를 받았을 때도 자주 겹치는 고민이 하나 있었어.

"제가 그때처럼 두근거리는 사랑을 다시 할 수 있을까요?"

　그 질문에 대해서 오랫동안 생각을 해왔지. 나도 사랑이 끝났을 때마다 다시는 이런 사랑을 할 수 없을지도 모른다고 생각했으니까. 처음 그런 생각을 했던 건 첫사랑이 끝났을 때였어. 오 년이 넘는 시간 동안 이어지던 연애가 거짓말 때문에 끝나버렸지. 관계라는 게 이렇게 부질없구나. 이 사람조차도 나를 속이는데 이제 나는 누구를 믿어야 하나. 누군가를 만나서 이해하고 맞춰가고 가까워지는 일을 또 해야 한다니. 그런 부정적인 생각 사이에서 좋았던 기억들이 떠오를 때면 다시 이런 사랑을 할 수 있을까 싶었지. 몇 년 뒤에 했던 연애가 끝났을 때도 똑같은 생각을 했어. 물론 그때는 거짓말 때문에 이별했던 건 아니고 그 친구가 나를 사랑하지 않아서 관계가 끝난 거였지만. 아무리 마음을 돌리려고 해도 돌아오지 않는 걸 보면서 과연 다시 누군가를 이렇게 좋아할 수 있을까 싶었지.

다시 몇 년이 지나고 그 사람을 좋아하는 내 모습이 반가울 정도로 좋아하는 사람이 생겼어. 시간이 꽤 걸리긴 했지만, 결론적으로 나는 내 인생에서 가장 강렬했던 것과 같은 사랑을 다시 하게 된 거야. 그것도 두 번이나. 첫사랑이 끝나고 그다음 사람을 만났을 때 한 번. 그리고 그 사랑이 끝나고 다시 또 한 사람을 만났을 때 한 번. 어떻게 다시 그런 사랑을 할 수 있게 된 걸까 싶어서 지난 시간들을 돌아봤어.

보통은 사랑이 끝나면 나를 망치는 것으로 슬픔을 풀었어. 원인이 나에게 있다고 생각하는 탓도 있었고 망

가진 내 모습을 보고 그 사람이 자책하거나 돌아와 줬으면 좋겠다는 철없는 생각이었지. 하루 이틀 나를 망치다가 그것도 이별한 사이에서는 의미 없음을 깨닫고는 일상으로 돌아가고는 했어. 운동하고 열심히 일하고 친구들도 만나고 그럴듯한 작업도 하면서. 그렇게 내 습관과 생활에서 이별한 사람들을 완전히 지워갔지. 그 정도로 시간이 흐르면 이젠 누군가를 만나지 않고 혼자 지내는 삶도 괜찮다는 생각이 들어. 항상 그런 생각이 들었을 때 새로운 사람이 나타났었어. 사랑 없이는 지내도 괜찮을 것 같다고 느낄 때쯤. 나 혼자 지내는 삶이 안정적이고 만족스러웠을 때쯤. 내 삶에서 가장 강렬했던 것과 같은 사랑을 다시 할 수 있냐는 질문에 대한 답을 이제 조금은 알 것 같아. 자기 자신의 삶을 잘 살 때 반드시 사랑은 다시 찾아와.

있지

미안하다는 말을 잘하는 사람은
자존심이 없거나 자존감이 낮거나
바보 천치여서 그러는 게 아니야.
그냥 관계를 더 생각하는 것일 뿐이야.

연인 사이에서 다툼은
어느 한쪽이 명백히 잘못하는 것도 있지만
대부분은 서로 조금씩 오해하고 실수하는 것에서
비롯되잖아. 분명 둘다 서운함을 느끼고 있을 텐데
한쪽에서 먼저 화해 신청을 한다는 건

내 기분보다는 우리라는 관계를 더 신경 쓰기 때문이지.

잊어서는 안 돼.

미안하다고 먼저 말하는 데에는

많은 용기가 필요하다는 것을.

먼저 화해 신청을 하는 것을

당연하게 여기는 순간부터 관계는 어긋나니까.

편의점

✼

아파트에 사는 게 좋은 이유 몇 가지가 있다. 근처에는 초등학교가 있고 집 앞에는 놀이터가 있어서 아이들을 많이 볼 수 있다는 거다. 아이들을 보고 있으면 어딘가 맑아지는 기분이 든다. 또 하나 좋은 건 편의점이 가깝다는 것이다. 모처럼 낮 시간에 집에 있는 날이었다. 커피나 한잔 사 올까 싶어 편의점으로 향했다. 학교가 끝날 시간이었는지 편의점 앞과 근처 길은 하교를 하는 아이들로 북적거렸다. 백수 같은 차림으로 생동감 넘치는 아이들 사이를 지나 편의점에 도착했다. 안에도 아이들이 몇 있었다.

오랜만에 느끼는 여유라 그날따라 물건을 고르는 것도 천천히 했다. 오후는 모든 것을 느리게 만드니까. 편

의점 안을 이곳저곳 구경하고 있었는데 아까부터 눈에
밟히는 아이 두 명이 있었다. 누나와 동생 사이로 보이
는 아이 둘이었다. 물건을 들었다 놓았다. 다시 저걸 들
었다가 놓았다가. 몇 걸음 걷다가 멈추기를 반복하고
있었다. 얼마나 그랬을까. 여자아이의 목소리가 들렸
다.

"카드…… 돼요?"

하던 것을 멈추고 계산대 쪽을 바라봤다. 여자아이가
주인아주머니에게 무언가를 물어보고 있었다. 가까이
가서 들어보니 어떤 특정 카드를 사용해도 되냐고 물어
보는 거였다. 주인아주머니는 웃으면서 사용 가능하다
고 이야기했다. 아무래도 아동 급식 카드 같았다. 어디
선가 본 적이 있었다. 끼니를 챙겨 먹기 어려운 계층의

아이들을 위해서 아동 급식 카드 같은 것을 발급해주고 있다고. 편의점이나 식당에서 돈을 내는 대신 일정 금액이 들어 있는 카드로 결제한다는 것을. 아까부터 자꾸 이유 없이 신경이 쓰였던 것도 이해가 됐다. 저렇게 어린 아이들이 남들과 다른 카드를 사용해도 되냐고 묻는 일이 얼마나 어려운지 알고 있기 때문이다. 사야 할 것은 이미 다 골랐지만 계속 무언가를 고르는 척했다.

아이들은 이미 자기가 사고 싶은 걸 수십 번도 더 고민했다는 듯이 아주머니 말이 끝나게 무섭게 원하는 것을 골랐다. 그리고는 계산을 하려는데 또 이번에는 뭐가 안 되는 모양이었다. 아이들이 고른 품목이 해당하지 않는 건지 금액이 모자란 건지는 모르겠어도 무슨 문제가 있었다. 아주머니는 당황해 하셨고 옆에 있던 남자아이는 가만히 여자아이를 올려다보았다. 아까부터 들고 있던 물건을 계산대에 올려놓고는 아이들 것과 같이 계산해 달라고 말했다. 난 그때 나를 바라보던 아이들의 눈빛을 잊지 못한다. 상처받은 아이들이 가지고 있는 그 특유의 표정. 너무 일찍 어른이 되어버렸지만 여전히 얼굴은 앳된 그 표정. 아프게 살아온 사람들 특유의 경계와 그런데도 지울 수 없던 순박함. 뭐라고 말해야 할지 몰라서 아이 눈을 보고 이렇게 대답했다.

"아저씨 오늘 월급 탔어."

주인아주머니도 아이들도 모두 당황하는 것 같아 얼른 계산을 부탁하고는 아이들이 고른 것을 손에 쥐여줬다. 그리고 황급히 편의점을 빠져나와 아파트 쪽으로 걸었다. 바로 집으로 올라가려고 했는데 도저히 신경이 쓰여서 뒤를 돌아보지 않을 수가 없었다. 두 아이는 초등학교 쪽으로 걸어가고 있었다. 누나로 보이는 아이가 동생이 들고 있던 것의 비닐을 다정하게 벗겨주었다. 그리고는 오른손으로 동생의 어깨를 감싸고 걸었다. 예고 없이 마주한 장면을 오래 볼 수가 없어 눈을 감으니 우리 누나가 떠올랐다. 누나 옆에서 그나마 조금이라도 안정을 품을 수 있었던 시절이. 누나도 나와 똑같은 아이였는데 나보다 먼저 태어났다는 이유로 너무 많은 것 앞에 앞장서야 했던 그 시기가.

당장이라도 달려가서 아저씨 여기 앞에 사니까 언제든지 먹고 싶은 게 있으면 말하라고 하고 싶었다. 전화번호라도 알려주고는 무슨 일 있으면 연락하라고 말하고 싶었지만 꾹 참기로 한다. 내 삶이 누군가에게 도움받아야만 하는 삶이라는 걸 깨닫는 것도 상처라는 걸 나는 아니까. 다만, 편의점을 가는 날 자주 마주치기를 바랄 뿐이었다. 집으로 올라와서도 쉽게 마음이 가라앉지 않아서 오랫동안 노트북 앞에 앉아있었다.

학교 다닐 때 집안이 어려워서 도움을 받은 적이 있었는데 그때 내가 제일 싫어했던 시간은 고지서를 받는 시간이었다. 순서대로 종이 고지서를 나눠줄 때면 항상 나를 건너뛰었기 때문이다. 난 그 모습이 마치 친구들

앞에서 가난을 확정받은 것 같아 도움을 받으면서도 상처로 남을 때가 있었다. 나중엔 그게 싫어서 아르바이트해서 내 돈으로 돈을 내더라도 도움을 신청하는 일이 없었다. 돈이 없는 것보단 상처가 더 싫었으니까. 지금까지 기억나는 유일한 선생님이 있다. 그 선생님은 자신이 직접 순서대로 나눠주는 것이 아니라 종이를 무작위로 섞고는 아무나 붙잡고 그 아이에게 나눠주라고 시키셨다. 순서대로 받을 수 없으니 누가 고지서를 받지 않는지 아무도 알 수가 없었다. 그리고 그 선생님은 자주 나에게 종이 나눠주는 일을 시키고는 하셨다. 한참이 지난 일이지만 그때의 그 다정함은 지금까지 잊히지 않는다. 편의점에서 아이들을 마주치고 나서야 그때 그 선생님이 왜 그러셨는지 얇게나마 이해할 수 있을 것 같았다.

가난을 살았던 사람은 가난이 눈에 보인다. 상처받은 사람 역시 상처받은 사람이 보이고 아파 본 사람 눈에는 아픔이 보이는 법이니까. 자꾸 아이들이 망설이던 게 생각나 인생은 참 잔인하다고 느끼다가도 다행이라는 생각을 했다. 아이들도 어른이 되고 나면 자신과 비슷한 시간을 보낸 아이들이 눈에 보일 테니까. 누군가의 아픔을 볼 수 있는 사람끼리 서로를 다독여주면서 살아가는 게 삶이 아닐까 하는 생각을 했다.

슬픔을 이겨내는 법

감당할 수 없는 일이 생겼을 때
자주 하던 방법이 있어
슬픔에 기한을 매기는 거야.
마치 음식에 유통기한을 붙이듯.

아, 이 정도면 일주일 슬퍼해야겠다.
한 달은 슬퍼해야겠다.
스스로 기간을 정해두는 거야.
중요한 건 그동안은
정말 충분히 슬퍼해야 해.

술도 마음껏 마시고 길거리에서 울기도 하고
전화도 해보고 편지도 써보고
사진도 만져보고 온갖 것을 다 하는 거야.
그리고 마침내 내가 정해놓은 기한이 다 됐을 때는
마치 어디선가 알람 소리가 들리는 것처럼
정신 차리고 일상생활로 복귀를 하는 거지.

슬퍼해야 할 시간에 충분히 슬퍼하지 않는 것만큼
독이 되는 건 없어. 울어야 할 땐 울어야 하고
힘들어야 할 땐 힘들어해야 하는 법.

속도

*

중학교 때 국어 선생님은 나와 내 친구들을 도토리라고 부르시곤 했다. 고만고만한 녀석들끼리 모여 다닌다고 붙여준 별명이었다. 늘 네 명이 붙어 다녔었는데 그중 두 명과는 연락이 끊겼다. 한 녀석은 고등학교를 다른 지역으로 가면서 멀어졌고 다른 한 친구는 같은 학교였지만 건물이 달라지면서 멀어지기 시작했다. 그래도 도토리라고 불리던 친구들 중에 한 명과는 지금까지 잘 지내고 있다. 초, 중, 고를 같이 나오고 그 친구네 집에 놀러 간 적도 많았지만, 어른이 되고 난 뒤로는 진득하게 이야기를 나눌 기회가 별로 없었다. 서로 다니던 대학교의 거리 차이도 상당했고 군대도 다른 시기에 다녀오다 보니 어느새 이십 대 중반이었다. 동네에서 누나와 같이 카페를 할 때나 얼굴을 좀 보다가 다시 또 그 친구는 일을 배우러 외국으로 나갔다. 한 일이 년 있었나. 한국으로 들어오더니 이번에는 일을 배우겠다고 지방으로 떠나버렸다. 친한 사이였지만 그렇게 이십 대가 다 끝나갈 때까지 술 한잔 섞인 대화를 나눠볼 수가 없었다.

작년에는 역삼동에서 잠깐 지낸 적이 있었다. 몇 개월 그 동네에서 지낼 때 그 친구를 가장 많이 만났다. 멀지 않은 곳에 살고 있기도 했고 둘 다 일이 늦게 끝나는 편이라 시간 맞추기가 편했다. 한 번, 두 번 술자리를 가지며 여러 이야기를 나눴다. 학교 다닐 때 이야기도 나누고 일 얘기도 했다. 언젠가 그 친구와 함께 근사한 식당을 차리겠다는 다짐 같은 게 있었다. 한창 이야기를 나누다 그 친구가 먼저 말문을 열었다.

"작년에 네 전시회 간 적 있잖아. 그때 네가 쓴 글을 천천히 읽었는데 이제야 알겠더라. 왜 그렇게 네가 방황하고 힘들어했었는지…"

작업실에서 개인전을 열었을 때, 축하해준다고 밤늦게 온 적이 있었다. 원래 친한 친구들은 내가 쓴 글을 안 읽는데 장소가 장소인 만큼 이곳저곳을 구경하고는 했었다. 그동안 가깝게 지내긴 했어도 서로 속마음을 터놓고 말할 시간은 충분하지 않았다. 어쩌면 그런 상황이 있었더라도 내가 쓴 글보다 솔직할 수는 없었을 테니 글을 먼저 본 게 다행이라는 생각도 했다. 그날, 취해버리는 바람에 어떤 이야기를 더 나눴는지는 자세히 기억나지 않지만 다음날까지도 명확하게 기억나는 이야기가 있었다. 그 친구가 내게 위로해 주는 말을 건넬 때 내가 한 대답이었다.

"괜찮아. 내가 조금 빨리 겪은 것일 뿐이야."

실제로 그건 내가 늘 하던 생각이었다. 사람은 자기에게 슬픈 일이 일어나면 그것에 빠져 지내는 경우가 많다. 나 역시 오랫동안 그렇게 지내다가 슬픔을 거대하게 바라보는 일이 건강하지 못하다는 걸 깨닫고는 슬픔을 객관화하려고 노력했다. 그중 하나가 어떤 일이 나에게 일어났을 때 그 일이 마치 일어나면 안 되는 일이 일어난 것처럼 받아들이는 게 아니라, 내가 조금 빨리 겪었을 뿐이라고 생각하는 것이었다.

그 친구는 아버지의 삼일장도 끝까지 지켜줬다. 열두 시간이 넘는 근무를 끝마치고 청담동에서 김포까지 택시를 타고 와서는 밤새 술을 마시고 이야기를 들어줬다. 아버지를 납골당에 잘 모시고 끝까지 남아줬던 친구들에게 술을 샀다. 차에서 내려 건물로 들어가는 순간에도 온몸이 젖을 만큼 비가 오는 날이었다. 다들 컨디션이 너무 좋지 않아 보여서 술자리는 일찍 끝났다. 나도 집으로 돌아가서 이것저것 해야 할 일이 있었으니 서둘러 일어섰다. 같은 방향이라 그 친구는 내 옆자리에 탔다. 유리창을 뚫을 듯이 내리는 비 사이로 괜찮냐는 말이 스며들었다. 과연 이 감정이 괜찮아질 수 있을지는 나도 모르겠다고 답했다.

"그럼, 저번에 말한 것처럼 네가 조금 빨리 겪은 거라고 생각해.

이 말밖에 해줄 수가 없어서 미안하네."

빗속을 뚫고 달려가는 친구에게 인사를 건네고 집으로 차를 돌렸다. 옆에 있던 친구마저 내리니 자동차 안은 온통 유리창을 뚫을 듯이 내리는 빗소리뿐이었다. 아버지가 보고 싶어서 전화를 걸었다. 야속하게도 전원이 꺼져있다는 음성메시지만 들린다. 아버지가 집에서 자고 계시는 거라고 생각하려 했지만 마지막 모습이 자꾸 떠올라 그마저도 쉽지 않았다. 핸들을 확 꺾어버릴까 하다가 꽉 움켜쥐고는 계속해서 되뇌었다. 그래. 내가 조금 빨리 겪은 것일 뿐이다. 누구나 다 사랑하는 사람을 떠나보내야 할 때가 오는 법인데, 그 일이 나에게 다가오는 속도가 남들보다 조금 빨랐을 뿐이라고. 겪으면 안 되는 일을 겪은 게 아니라 무조건 한 번은 겪어야 하는 일을 조금 빨리 겪었을 뿐이라고.

이유

지나가는 사람들을 붙잡고
사랑에 대해서 떠올려보라고 말한다면
두근거리는 사람이 많을까
어딘가 아련해지는 사람들이 많을까.
사랑에 대한 상처가 없는 사람은
존재하지 않을 거야.

그런데도 왜 사랑을 할까?
어쩌면 그런 이유 때문인지도 몰라.
내 편이 필요해서.
하나밖에 없는 내 편이 필요해서.
세상은 혼자 살아가기엔 너무 강하잖아.
두 명이 합쳐야 이길 수 있으니까.

더 좋은 것

좋아하는 사람이 첫 출근을 하는 날이었다. 연인 관계는 아니었지만 나는 명백히 그 사람을 좋아하고 있었으므로 끝나는 시간에 맞춰 저녁 같이 먹자는 말을 건넸다. 오래 기다렸던 출근인데 축하해주고 싶다는 말과 함께. 그녀는 알겠다는 답장을 보냈다. 그리고는 걱정도 하나 있다고 했다. 스케줄 근무 때문에 저녁이 아니라 점심을 같이 먹어야 한다는 것이었다. 우선 알겠다고 대답하고는 작전을 짜기 시작했다. 어떻게 해야 그때 퇴근할 수 있을까. 꼭 처음 출근하는 날 축하해주고 싶은데. 내가 내린 선택은 그랬다. 그냥 밤을 새워버리는 것이었다. 나는 그날 회사에서 밤새도록 일을 하고

94

커피 여섯 잔을 마셨다. 부랴부랴 케이크를 사서 그녀를 만나러 갔다.

　또 그런 적도 있다. 내가 만든 음식을 먹어 보고 싶다는 말에 한 시간이나 떨어진 마트로 장을 보러 간 적이 있다. 그냥 간단하게 해줘도 된다고 했는데 그 마트에서만 살 수 있는 것을 한아름 사 왔던 적이 있다. 축하할 일이 있었던 다른 날은 어땠나. 주변을 둘러보면 꽃집이 그렇게 많은데 직접 사주고 싶은 마음에 열두 시까지 기다렸다가 꽃 시장에 갔던 날도 있었다. 비록 포장에 실패하는 바람에 쇼핑백에 넣어가긴 했지만.

종종 그런 질문을 나에게 한 적이 있다. 어떻게 그렇게 피곤한 몸을 이끌고 꽃을 사러 두 시간이나 운전을 할 수 있었는지. 밤을 새워 일하고 아무렇지 않다는 표정으로 그 사람을 만나러 갔었는지. 졸릴 법도 한데 케이크를 들고 걷는 길이 왜 두근거렸는지. 아무리 묻고 또 물어도 대답은 하나였다. 좋아하기 때문. 내가 스스로 느끼고 있던 것보다 훨씬 더 많이 좋아하기 때문. 누군가를 사랑하는 일은 그렇다. 사랑하면 자꾸 무언가를 주고 싶어진다. 그 사람은 조금만 줘도 괜찮다고 말해도 자꾸 더 좋은 것을 주고 싶어진다.

걱정

＊

올해는 캠핑이 열풍이었다. 코로나로 사람을 만나고 여행을 가는 것에 제약이 생기면서 자연으로 사람들이 몰렸다. 어릴 때 강가에서 물고기를 잡으면서 놀다가 텐트 안에서 자는 일이 많았기 때문에 어른이 되고 난 뒤에도 캠핑을 자주 다니고는 했다. 누나가 홈쇼핑에서 충동 구매한 텐트를 들고 다니다가 도저히 혼자서는 칠 수가 없어서 작은 텐트를 가지고 다녔다. 보통 캠핑장 보다는 노지를 더 좋아했다. 뭐라 그럴까. 만들어지지 않은 아름다움이랄까. 물론 노지는 불편한 점이 한둘이 아니었지만 충분히 무언가를 희생할 만큼의 아름다움이 있었다. 날이 좋을 때 몇 번씩 다니다가 본격적으로 다니고 싶어서 장비를 하나둘씩 구매하기 시작했다. 어찌나 열풍인지 어지간한 텐트나 용품들을 살 수가 없었다. 웃돈을 주고 사거나 계절 하나를 기다려야 겨우 살 수 있다는 말에 지금 당장 내가 준비할 수 있는 것부터 준비하기 시작했다.

가볍게 던지기만 하면 설치가 끝나던 텐트를 폴대를 넣고 세워야 하는 것으로 바꿨다. 의자도 사고 테이블도 사고 가방도 샀다. 하지만 새로 산 텐트도 몇 번 써 보니 불편한 점이 많아서 설치가 간편하고 조금 더 따뜻한 텐트로 바꿨다. 그 뒤로는 어느 정도 장비가 갖춰져서 여기저기 더 떠나기 시작했다. 혼자 갈 때는 여전히 노지로 갈 때도 있었지만 누군가와 함께 갈 때면 캠핑장으로 향하고는 했다.

막상 어딘가로 떠나려고 하면 준비할 게 생각보다 정말 많다. 어쩌면 사람들과 마주치지 않는 곳에서 나만의 시간을 보내기 위해 캠핑을 가는 것보다는 그것을 준비하고 가서 집을 만드는 데 힘을 쓰느라 잡생각이 나지 않기 때문에 캠핑을 다닌다는 생각을 할 정도였다. 떠나기 전에 제일 먼저 해야 하는 것이 있다. 날씨를 확인하는 것이다. 여행이 대부분 그렇지만 날씨를 확인하는 일부터 시작하지 않는가. 온도에 따라 짐 자체가 달라지니 말이다. 특히 캠핑은 비가 오면 고생길이 열리기 때문에 더 꼼꼼하게 확인을 하는 편이다. 비소식이 있으면 챙겨야 할 것도 늘어나고 출발하기 전에 마음도 단단히 먹어야 한다. 날씨 요정이라는 말처럼 어디 놀러 갈 때마다 날씨가 좋은 사람들이 있는데 나는 반대로 비를 부르는 사람에 속하기 때문에 더 꼼꼼하게 확인을 했다.

여유가 생길 때마다 떠나다 보니 점점 기술이 늘었다. 한 시간씩 걸리던 텐트 설치가 삼십 분으로 줄어들고 짐 정리하느라 시간을 다 써서 제대로 앉아있지도 못했는데 커피를 내려 마실 시간이 생기기도 했다. 그렇게 조금씩 늘어가던 기술 중 하나가 날씨에 대처하는 자세다. 보통 캠핑하러 가는 곳은 자연과 가깝기 때문에 날씨가 일반적인 예측과는 좀 다르다. 서울에는 비가 온다고 했었는데 호수 앞에 도착하니까 단 한 방울도 내리지 않는다든가, 아무런 비 소식이 없었는데 막상 산에 도착하니 비가 내리기 시작하는 경우가 많았다. 몸으로 그 사실을 느끼고 난 뒤로는 비 소식이 있으면 짐을 더 챙기지만 걱정을 하는 일은 없었다. 어차피 그곳에 도착할 때까지는 아무것도 모르는 거니까.

주변을 보면 걱정을 미리 하는 친구들이 생각보다 많다. 아직 일어나지 않은 일을 종일 걱정하면서 스스로를 힘들게 하고는 하는데 그럴 때마다 캠핑 가서 느꼈던 이야기를 해주는 편이다. 미리 걱정하고 이것저것 준비하고 대처하는 자세는 너무 좋지만 그것 때문에 괴로워하지는 말자고. 어차피 무언가를 시작하거나 막상 그곳에 가기 전까지는 아무것도 모르는 거라고. 준비는 하지만 걱정은 너무 하지 않는 게 마음 건강에 더 좋지 않겠냐는 이야기를 하고는 한다. 캠핑을 떠나는 것과 새로운 것을 시작하고 어떤 것을 준비하는 게 별반 다르지 않을 테니까. 도착할 때까진 아무것도 모른다. 그러니 준비는 하되 걱정은 그만할 것.

비

창밖으로 내리는 비를 가만히 바라보다
그런 생각을 했다.
비가 그치고 나면
이제 몹시 추워지겠구나.

생각해보면 항상
계절이 바뀔 때마다
비가 내렸었다.

벚꽃 잎이 다 떨어지고
더워질 때도

나뭇잎이 다 떨어지고
옷을 두껍게 입어야 할 때도

어떤 신호처럼
비가 내리고는 했다.

그런 자연 현상은 마치 나에게
말을 해주고 있는 것처럼 느껴졌다.
만약, 네 삶에 비가 내린다면
그것도 아주 많이.

우산을 들어도 어깨가 젖고
어딘가로 향할 수 없을 정도로
퍼붓는 것처럼 느껴진다면
그건 너의 계절이
확연히 바뀌기 위해서라고.

비가 그치고 났을 때만

볼 수 있는 하늘과
비가 그치고 났을 때만
바뀌는 계절을
한 아름 느끼게 해주려고
그렇게 비가 내리는 거라고.

그런 생각을 하면
나에게 일어나는 일들이
마냥 슬프거나
두렵게 느껴지지는 않았다.
비가 내린다는 건
계절이 바뀌는 신호니까.

2장

———

빛을 그리려면
어둠을 그려야 한다

행복

*

요즘은 회사 생활을 하면서 지내고 있다. 취직을 한 건 아니고 마음 맞는 사람들끼리 모여서 이것저것 시도해보고 있다. 다들 나랑 비슷한 패턴의 사람들이라 처음에는 출근도 퇴근도 불규칙했었다. 오전 열 시에 만나자고 하면 점심이 지나서 하나둘씩 모이는 날이 태반이었다. 이러다가 도저히 안 될 것 같아서 출근 시간을 정해놓고 다 같이 그 시간을 지키고 있다. 처음에는 자리를 잡느라 할 일이 그렇게 많지 않았는데 시간이 지날수록 할 일이 쌓여갔다. 퇴근도 늦어지고 점점 출근하는 날도 많아지기 시작하더니 어느 순간은 일 말고는 다른 것을 할 수 있는 시간이 아예 없어졌다.

정신적으로나 육체적으로 힘이 달리기 시작하니 눈에 들어오는 게 하나도 없었다. 운동하는 날도 줄어들고 퇴근하고 집에 들어오면 저녁을 대충 먹거나 다시 또 일하기 바빴다. 예전에는 재밌었던 것들에 하나둘씩 흥미를 잃어갔다. 친구들의 술자리는 내일의 출근이 걱정되거나 할 일이 많아서 점점 나가지 못하게 됐고 막상 여유가 생기면 밀린 잠을 자기 바빴다. 그런 날이 반복되다 보니 삶 전체가 무료하고 무기력하게 느껴졌다. 이대로는 도저히 안 되겠다 싶어서 방법을 찾기 시작했다. 행복해지고 싶어서 일을 하는 거지, 일하기 위해서 사는 건 아니었으니까.

처음에는 제법 값비싼 물건을 사는 것으로 나를 달랬었다. 사고 싶던 텐트나 신발을 사는 식으로 풀었었는데 피곤한 날은 심지어 택배 상자를 저 멀리 던져두고 방으로 들어가기 바빴다. 그다음에 했던 건 여행 계획을 잡아두는 거였다. 여행 계획을 보면서 살면 좀 괜찮지 않을까 했는데 이것도 그다지 위로가 되어주진 못했다. 오히려 너무 멀리 잡아놓으니 현실감각이 없어졌달까. 이것도 답이 아닌 것 같았다.

그 뒤로 찾은 방법은 내가 잃어버린 것들을 복구하는 것이었다. 반복된 일상에 갇히고 개인 시간이 줄어들면서 어떤 것을 잃어버렸나 생각해봤다. 제일 먼저 떠오른 건 카페에 가서 커피를 사 마시는 거였다. 그냥 카페가 아니라 조금 거리가 있더라도 내가 좋아하는 곳. 근처에 카페가 새로 생기면 탐험하듯이 가보고는 했었는데 일이 많아진 뒤로는 그런 적이 한 번도 없었다. 즐기는 것이 아니라 생존의 의미로 카페인을 섭취하곤 했다. 출근하기 전에 십오 분만 빨리 나와서 그동안 가보고 싶었던 카페들을 하나씩 가봤다.

그다음에는 운동을 다시 규칙적으로 하는 거였다. 컨디션이 안 좋고 입맛이 없더라도 무언가를 꾸역꾸역 먹고 운동을 다시 시작했다. 처음에는 몸이 적응하지 못해서 오히려 더 피곤했지만 며칠 꾸준히 하다 보니 확실히 그전보다 무기력함이나 우울감 같은 것들이 줄어들기 시작했다. 그다음으로는 사랑하는 사람들을 자주 만나는 거였다. 작업실로 초대를 하든 아니면 내가 동네로 가든 꼭 술을 마시지 않더라도 자주 얼굴을 보고 실없는 농담을 주고받았다. 그럴 수 없는 날이라면 무턱대고 전화를 하기도 했었다. 이렇게 내가 잃어버렸던 것들을 하나둘씩 회복하다 보니 그전보다는 덜 무료하고 덜 무기력해진 것 같았다.

아무리 생각해도 행복이라는 건 거대한 한 덩어리를 뜻하는 건 아닌 것 같다. 행복을 느끼기 위해서는 내가 좋아하는 것들을 얼마나 자주 해주는지가 더 중요한 영역이라고 본다. 큰 행복을 찾으려고 방황하지 말고 작은 행복을 자주 찾는 것. 그게 요즘 느껴지는 무력감에 대처하는 나의 자세다.

언젠가

*

가끔 밥도 먹고 커피도 마시고 가깝게 지냈던 사람이 있었다. 몇 번 그렇게 봤는데 그런 말을 하는 게 아닌가.

"왜 나한테 고백 안 해요?"

그 사람에게 아무런 매력을 느끼지 못했던 건 아니지만 연인이 될 수는 없다고 생각했다. 그 사람은 전에 만난 사람을 잊지 못해서 내 앞에서 정확히 네 번이나 울었다. 얼마나 서글프게 울던지. 탈수 증상이 올 거 같아서 물을 사 왔었다. 그리고 그때 그 사람이 눈물도 닦고 입가도 닦고 했던 휴지는 내가 가져다 준 것이었다. 나랑 연인이 되고 싶었으면 최소한 옛사람 이야기를 하면서 내 앞에서 울지는 말았어야 하는 거 아니에요? 라는 말이 턱 끝까지 차올랐지만, 꾹 참았다. 택시를 태워 보내고는 그 사람의 안녕을 빌었다.

또 한 사람이 있었다.

몇 번 여러 사람들과 함께 봤었는데, 언젠가 나에게 묻는 게 아닌가.

"우리 무슨 사이에요?"

친구 사이라고 답했더니 왜 연인이 될 수 없냐고 물어왔다. 만약 그런 관계를 원한다면 이젠 이 모임에 나오지 않겠다고 말했다. 앞으로는 확실한 모습을 보여주겠다며 자리에서 일어나다가 이번에는 못 참고 한마디를 뱉어버렸다.

"나랑 연인이 될 생각이 있었으면 그렇게 옛사람 이야기는 하면 안 되는 거 아니에요?"

그 사람은 미처 거기까지 생각하지 못했다는 표정을 지었다. 자기가 만났던 사람 이야기를 모두 다 나에게 쏟아냈다. 너무 많은 사람의 이름과 직업까지 들었다. 심지어 바로 전에 이별한 사람 이야기를 할 때는 또 눈물을… 도대체 나에게 왜 이러는 건가 싶었다. 난 사랑에 있어서 쿨한 편이 아닌데 그냥 이야기를 잘 들어준다는 이유로 전에 만났던 사람 이야기까지 깊게 할 필요가 있었을까. 그래, 그냥 지인이고 친구 사이면 얼마든지 괜찮은데 그 상태에서 연애라니? 도저히 불가능한 일이었다. 그래, 이야기를 꺼내는 것까진 백번 양보해서 할 수 있다고 쳐도 말할 때마다 눈물을 보였는데 나를 좋아하고 있었다고?

문제는 그다음이었다. 긴 시간 동안 두 번이나 저런 경험을 하고 나서는 누군가가 내 앞에서 옛 애인에 대한 슬픔을 이야기하면 잘 들어주고는 했지만 가까워질 기미가 보이면 아주 지구 끝까지 밀어내고는 했다. 애초에 내가 단호한 정도가 아니라 벽돌 수준으로 대하면 상관없을 거라고 생각했다. 그리고 만약, 누군가가 내 앞에서 지난 사람을 못 잊고 눈물 흘리면 난 속으로 생각했다. 저 사람과 연인이 될 일은 없겠군. 정말 문제는 그다음이었다. 다른 사람 때문에 힘들어하는 걸 내 눈으로 똑똑히 본 사람과 사랑에 빠진 것이다. 신이시여. 도대체 왜 나에게 이런 일을. 난 그 사람을 만나면서 사랑은 아름다운 시련이라는 생각이 들었다.

연인이 되고 나서도 결국 그 문제는 나를 괴롭혔다. 아무래도 자꾸 전에 만났다던 이름도 모르는 그 사람이 신경 쓰였다. 그렇다고 어떻게 말할 수 있겠는가. 아무리 사랑에 자존심은 없다지만 그래도 지키고 싶은 한 줄기 정도는 있는 것인데. 난 내 나름대로 그 이야기를 여러 방법으로 표현했었다. 지나가다 심심해서 들어간 타로집에서 우리한테는 겨울이 위험하다는 이야기를 듣고는 나오는 길에 쓱 물었었다. 그 사람은 이제 다 잊은 거지? 그녀는 그럼, 이라는 짧은 말과 함께 고개를 끄덕였었다.

시간이 지나도 그녀가 만났던 옛사람에 대한 생각이 줄어들지는 않았다. 그러다 마침 그녀가 며칠 평소와는 다른 모습을 보였다. 무슨 일이 있냐고 물어보니 그냥 기분이 좀 그렇다는 대답이 돌아왔다. 결국 그렇게 다투다가 말해버렸다. 난 그 사람이 신경 쓰인다고. 그녀는 계속 그런 게 아니라는 대답을 했다. 그녀의 말을 믿으며 그렇게 이해하려고 애써도 기분은 나아지질 않았다. 같이 있을 때면 전화기 화면을 뒤집어 놓는 습관과 밤에 받지 않던 전화 같은 것들이 여전히 나에게는 불안으로 남아있었으니까. 물론 나도 연애를 처음 하는 건 아니었다. 지난 시간은 다 지난 시간만의 의미가 있다고 생각하고 살지만 눈앞에서 나 아닌 다른 사람으로 힘들어하는 걸 보는 건 이야기가 달랐다. 그녀는 그 사람은 다 잊었다며 계속 아니라고 말을 했지만 내가 느낀 행동은 아닌 게 아니었다는 거. 난 그때 알았다. 사랑 앞에서 불안을 해소해주는 건 아니라고 말하는 게 아니라, 아니라고 느껴지게 해줘야 한다는 걸. 아무리 말하고 아무리 보여준다고 하지만 결국 상대방이 느끼지 못하면 아무 소용없다는 것을.

포기

그 기분 알아?
내가 듣고 싶었던 말은
미안하다는 말이 아니라
지금 내가 느끼고 있는 그 불안이
사실이 아니라고 말해주는 거였는데
미안하단 말만 들었을 때의 기분을?

그 기분 알아?
내가 듣고 싶었던 말은
앞으로 잘하겠다는 말이 아니라

지금 내가 느끼고 있는 것을

좀 알아줬으면 하는 건데

앞으로 잘하겠단 말을 들었을 때의 기분을?

그런 날이 쌓여갈수록

점점 그래, 알겠어라는 말 밖에는 안 나와.

힘없이 또 힘없이 말이야.

그때 말하는 알겠다는 건 긍정적인 뜻이 아니야.

조금씩 너를 포기하고 있다는 뜻이지.

무언가를 기대해서 아픈 것보다는

그냥 놓아버리는 게 덜 아픈 방법이니까.

표현

*

    결혼 생활을 몇 년 한 친구와 맥주를 한잔하면서 이야기 나눌 때였다. 결혼한 사람을 보면 자주 묻는 말이 있다. 어떤 이유로 그 사람과 결혼을 결심하게 된 거냐고. 진부한 질문일지도 모르겠으나 영화나 드라마에서 나오는 것처럼 이 사람이다, 싶은 순간이 있었는지 묻고는 한다. 친구는 잠시 고민에 빠지더니 말문을 열었다.

    "어릴 때 가까운 사람이 세상을 떠난 적이 있잖아. 그때 느낀 게 뭐였냐면 아, 갑자기 이렇게 사람이 사라질 수도 있구나 싶었어. 그 사실이 어린 나이에는 얼마나 충격으로 느껴지던지. 나도 모르게 그날 이후로 한결같은 사람을 찾았던 것 같아. 늘 같은 곳에 같은 모습으로 있을 사람. 근데 그 사람이 그랬어. 감정 기복도 별로 없고 다퉈도 잠깐만 서운해할 뿐 금방 속없는 사람처럼 웃어줬지. 늘 그 자리에 있었어. 한결같이. 그래서 결혼을 결심한 거야."

며칠 전에는 한 사람과 오랜 시간 동안 함께 차를 탈 일이 있었다. 그날따라 재생되는 노래는 마음을 솔직하게 표현한 제목들이 많았다. 가만히 제목을 보다가 옆사람에게 물었다. 사랑할 때 표현을 잘하는 편이세요? 그런 편이라는 대답과 함께 한 마디를 더 덧붙였다.

"표현하지 않으면 어떻게 알아요?"

아무런 표현도 없으면서 자신의 마음을 알아달라고 말하던 사람과의 연애가 떠올라 격하게 맞장구를 치며 이야기를 이어갔다. 그리고는 나도 내 생각을 말했다. 그렇죠? 표현하지도 않는데 알아달라고 말하는 건 이기적인 것 같아요. 이 부분에 대해서 많이 생각해봤는데

요. 사랑한다고 표현하는 사람은 그래도 조금 나은 사람. 사랑한다고 표현도 잘하고 행동도 일치하는 사람은 좀 더 좋은 사람. 사랑한다는 말과 행동이 일치하는데 오랫동안 변하지 않고 한결같다면 정말 좋은 사람인 것 같아요.

이제는 사랑하는 사람들보다 한결같은 사랑을 하는 사람들이 훨씬 부럽다. 시간이 지나면 많은 것이 변한다고는 하지만 그렇지 않은 사람들도 분명 존재하니까. 전화하던 횟수가 줄어들고 답장을 하던 속도가 점점 느려지고 나를 만나던 시간을 다른 것들로 대체하는 모습을 보는 게 얼마나 가슴 아픈 일일까. 사랑한다는 말을 자주 하던 사람이 그 말보다 피곤하다는 말을 더 하는 것만큼 비극이 있을까. 그것도 내가 사랑하는 사람, 그것도 원래 그러지 않았던 사람이. 크나큰 욕심일지 모르겠으나 딱 체온 같은 사랑을 하고 싶다. 안 그래도 세상이 이렇게 숨 막히는데 사랑하는 사람한테까지 계산하고 배신하고 속이고 상처 줄 필요가 있을까. 너무 급한 마음으로 뜨겁게 다가오는 것도 아니고 수많은 방어기제를 드러내며 차갑게 시작되는 것도 아닌, 그냥 체

온처럼 한결같은 온도의 사랑. 그런 사랑을 꿈꾼다. 사랑을 시작하는 것보다 한결같은 모습으로 관계를 이어가는 게 더 어려운 일이니까.

상처

✢

나이가 들면서 좋은 것 중 하나는 인간관계가 정리된
다는 것이다. 어릴 땐 맞지 않는 자리에도 나가면서 많
은 사람과 함께하는 것이 무조건 답인 줄만 알았다. 전
화기에 수천 명이 등록되어 있는 삶이 잘 사는 삶이 아
니라 어딘가 울적해서 집으로 들어가기 싫은 저녁, 이
유 없이 전화를 걸어 불러내도 괜찮은 사람이 얼마나
있느냐가 중요하다는 걸 깨달은 뒤로는 맺고 끊는 게
조금은 쉬워졌다. 물론 그렇다고 해서 누군가와 가까워
지거나 멀어질 일이 전혀 없는 것은 아니다. 하지만 지
금 내 주변에 있는 사람들을 떠올리면 스트레스보다는
미소가 먼저 지어진다.

어느 정도 관계가 안정되고 있다고 생각했는데 여전히 멈칫하게 만드는 사람이 있다. 전에 만났던 사람도 아니고 나보다 나이가 한참 많은 어른들도 아니고 한때 친했던 친구도 아니다. 다름 아닌 출판사 편집자님이다. 그동안 작업하면서 만났던 모든 편집자님을 만나는 일은 늘 어렵다. 출판 쪽 작업이 어떻게 진행되는지 잘 모르는 분들을 위해 간략하게 설명을 하자면 보통 어떤 책을 만들 건지 함께 회의를 한다. 책의 방향에 맞춰 미리 써둔 원고를 쓸 수 있으면 사용하고 그럴 수 없다면 새 글을 쓰면서 진행을 이어간다. 대부분 편집부와 마케팅부가 나뉘어 있다. 책이 나오기 전까지는 편집부와 이야기하는 경우가 많다. 어느 정도 분량이 쌓일 때마다 보내는 사람도 있고 마감일 맞춰서 원고를 주는 사람도 있다. 그럼 그 원고를 편집자님이 만지신다. 어떻게 하면 독자분들에게 글을 잘 전달할 수 있을지, 오탈자는 없는지, 전체 흐름은 어떻게 하는 게 좋을지 등을 편집하신다. 출판사의 성향에 따라 세부적인 이야기는 다 달라지지만 나 같은 경우는 회사 쪽 입장도 많이 들어주려고 하는 편이다. 굳이 내 생각이 맞다며 우기고 싶은 생각은 없다. 책은 같이 만들어가는 거니까.

인생이 즐거워서 창작을 시작한 것이 아니라 도피와 방어의 한 수단으로 음악이나 글을 선택했었다. 행복하고 아름답고 넌 잘될 거야, 라는 글보단 어딘가 슬프고 짠한 글이 많았다. 누군가가 나에게 제한을 걸어주지 않으면 그 깊이가 걷잡을 수 없이 깊어지고는 했는데 그 작업을 편집자님들이 많이 도와주셨다. 반대로 이야기하자면 편집자님들은 독자분들보다 내 이야기를 훨씬 더 많이 봤다는 것이다. 만날 때마다 어려워하는 이유도 이 때문이다. 대부분은 상처에 관한 이야기였으니 내 상처를 누구보다 많이 읽은 사람이었으니까.

내가 상처받았다는 걸 아는 사람을 만나는 일.
그게 쉬운 사람이 있을까.

한때 가까웠다가 멀어진 사람 중에 관계를 회복한 사람들도 있었다. 만나서 오해를 풀거나 시간이 지나면서 자연스럽게 화해를 한 적이 있었는데 여전히 절대 가까워질 수 없는 사람들이 있다. 제일 가깝게 지냈던 사람들이 그렇다. 그 사람들과 함께 지내는 동안 누구보다 내가 가진 상처를 많이 보여줬었으니까. 누가 됐든 간에 내가 상처받았다는 걸 아는 사람을 만나는 일만큼 어려운 건 없다. 나도 모르게 피하게 된다.

잊고 있었던 말

*

글을 쓰는 것만큼 읽는 것도 좋아하는 이유는 나도 몰랐던 사실을 알 수 있기 때문이다. 며칠 전에는 오랫동안 눈을 감고 음미할 만큼 마음에 와닿는 글을 읽었다. 글쓰기 수강생분이 어머님과 나눈 일상에 대해 쓴 글이다. 어머님이 오일을 좋아하셔서 따님에게 전화할 때마다 오일 이야기를 자주 하신단다. 스트레스를 받을 땐 라벤더가 좋고 두통에는 어떤 오일이 좋고…

몹시 지쳐서 누워만 있고 싶던 어느 날 어머님으로부터 전화가 왔단다. 퉁명스럽게 전화를 이어갔는데 어머님이 또 오일 이야기를 꺼내셨다고 한다. 말없이 듣다가 계속되는 오일 이야기에 짜증이 조금 난 상태로 오일 얘기 좀 그만하라는 말을 했더니 이런 대답이 돌아왔단다.

"그럼 네가 말을 좀 하든가."

아차 싶었다. 오일 이야기가 단순히 그것에 대해 말하고 싶었던 게 아니라 대화를 이어가기 위한 소재였다는 사실을 그분과 내가 동시에 깨달은 것이다. 그 글을 읽고 오랫동안 눈을 감고 있었던 건 역시나 아버지 때문이었다. 내가 집에 들어올 때마다 아버지가 제일 먼저 하시는 말은 밥 먹었냐는 말이었다. 아버지께서 병원에 계실 때도 집에 있을 때도 내가 잠깐 역삼동에서 살았을 때도 늘 그것부터 물어보시고는 했다. 보통 내 대답은 비슷했다. 밥 먹었어. 아직 안 먹었어 배고파. 옛날에 밥 먹었냐는 말로 글을 쓴 적이 있는데 그때 생각해본 적이 있었다. 아버진 왜 이렇게 나한테 밥 먹었냐고 물어보시는 건지. 난 그때 그 말의 의미를 거의 다 깨달았다고 생각했었는데 내가 모르던 사실이 하나 더 있었다. 아버진 그 말을 시작으로 나와 대화를 하고 싶으셨던 것이다.

몸도 마음도 지쳤던 어느 날, 그냥 누워만 있고 싶다는 생각으로 현관문을 열었을 때 왔어? 밥 먹었어? 라는 말이 들려온 적이 있었다. 그 말을 듣고는 아빠, 밥은 알아서 잘 먹고 다녀. 그게 뭐 그렇게 중요한 거라고 자꾸 물어봐 힘들어 죽겠는데, 라는 몹쓸 말을 하고 방안으로 들어갔다. 그때를 반성이라도 하듯이 이렇게 글을 쓴다. 그리고 혹시나 부모의 서툰 대화 시도에 나처럼 대처하는 사람이 있을까 봐. 아버지의 바람대로 밥 먹었냐는 말을 시작으로 대화가 이어진 적이 많았다. 아버지가 나한테 먼저 물어보시고 그다음엔 내가 아빠는 밥 먹었냐고 물어보고는 했었는데 그제야 이런저런 이야기를 털어놓으셨다. 소화가 잘 안 된다, 저걸 샀는데 맛이 없었다, 마트에 갔을 때 이런 일이 있었고…

　아버지도 막내아들이셨고 나도 막내아들이다. 아버지도 나도 사랑을 많이 받고 자랐기 때문에 그래도 우린 부자지간치고는 조금 더 살가운 표현을 많이 하고 지냈다. 스무 살이 되기 전까지 아버지와 같은 방을 썼는데 중학교 때는 아버지 손을 잡고 잘 정도였다. 그랬던 아이가 어느새 커서 사업을 한다고 까불거리질 않나. 글을 쓴다고 여기저기 돌아다니고 아침까지 작업하는 모습을 보면서 무슨 생각을 하셨을까. 몸이 점점 약해지시면서 경제권은 나에게로 넘어왔는데 아버진 그 뒤로 내 눈치를 더 많이 보셨다. 점점 기운이 없어지는 아버지와 점점 무언가를 향해 달려가는 아들. 바쁘고 또 바빠 보이는 나를 보면서 아버지는 제대로 말 한 번 걸 수 있었을까.

비단 이건 나와 우리 아버지만의 일이라고 생각하지는 않는다. 우린 부모님의 희생으로 조금 더 안정적인 삶이 되어가는 만큼 부모님은 반대로 점점 많은 것을 잃어가시니까. 그 과정 속에서 어느 날 훌쩍 커버린 자식에게 말을 걸 수 있는 건 생각보다 용기가 필요할지도 모른다는 생각을 했다. 아무리 부모자식간의 관계라고 할지라도 말이다. 그래서 별일 없냐는 말이나 사랑한다는 말보다는 다른 말로 운을 떼는 건지도 모르겠다.

일만 하는 사람들

*

아버지 상을 치르고 나서 원래도 가까웠던 누나와 더 가까워졌다. 결혼도 하고 아이도 있는 누나에 비해 혼자 지내는 내가 걱정됐는지 나에게 뭐하냐고, 무슨 일 없냐고 묻는 횟수가 예전보다 더 많아지기 시작했다. 늘 대답은 비슷했다. 작업실이야. 일하다가 이제 퇴근했어. 아직 일하고 있어. 이 세 가지 대답을 할 때가 가장 많았는데 그럼 누난 여전히 바쁘냐고 다시 물어보고는 했다. 그렇다고 대답할 때마다 내가 좀 쉬었으면 하는 마음에 제발 좀 쉬면서 하라는 잔소리를 하고는 했다. 이제는 그게 먹히지 않는다는 걸 깨닫고는 일 열심히 할 거면 밥이라도 잘 챙겨 먹으면서 하라는 말로 바꾸었지만.

주변에서 뭐 하냐고 물어보면 일하죠, 정말 일만 하면서 지낸다고 말한 적이 많았다. 일과 삶의 경계가 흐린 삶을 살고 있는 탓이기도 했지만, 일을 열심히 했던 건 다 이유가 있어서였다. 보통 그렇게 남들이 걱정할 정도로 일만 할 때는 무언가에 상처를 받은 시기였다. 누나가 나를 유독 걱정하던 시기에는 아버지가 세상을 떠난 슬픔을 이기기 위해 일에 몰두했다. 가만히 있으면 아버지 생각이 너무 나는데 그게 그렇게 괴로워서 일에 몰두했다. 집에 오면 더 심하게 그리워져서 거의 기절할 때까지 밖에서 에너지를 다 쓰고 들어왔다. 눕자마자 잠들 수 있게. 아무런 생각도 할 수 없을 만큼 몸을 혹사하는 데는 일 만한 게 없었다. 예전에는 사랑하는 사람과의 이별을 극복하기 위해서 일만 했던 적도 있었다. 사람은 나를 아프게 하지만 일하는 건 그렇지 않았으니까. 견디기 힘든 일이 일어났을 때 그걸 그냥 맨정신으로 견디는 것보다는 해야 할 일에 집중하거나 새로운 작업을 시도하면 훨씬 더 견디기 쉬웠다. 혹여나 그게 너무 과몰입하는 거였을지라도 괴로운 것보다는 나았으니까.

일이라는 건 우리를 괴롭히기도 평생의 숙제처럼 여겨지기도 하지만 또 무언가에 몰두할 수 있는 수단이 되어주기도 한다. 이제는 걱정될 정도로 일만 하는 사람들을 보면 가끔 먼저 묻고는 한다. 무슨 일 있어? 정말 일이 잘 풀리고 재밌어서 열심히 하는 거라면 축복해줄 일이지만 그렇지 않다면 가서 한 번 안아줘야 하는 일이니까. 지나칠 정도로 일에 몰두하는 사람들은 어쩌면 어딘가에 강하게 상처받은 상태일지도 모른다.

빛

✳

"참 쉽죠?"

　어릴 때 보던 EBS 채널에는 유명한 화가가 출연하는 프로그램이 하나 있었다. 엄청 뽀글거리는 머리를 하고 있는 외국인이었는데 항상 그림을 쉽게 그리는 걸로 유명했었다. 참 쉽죠? 라는 말을 하면서 붓질을 몇 번만 하면 말도 안 되는 풍경화가 그려지고는 했다. 어린 나이었지만 차분한 목소리와 어떤 형태도 없던 물감들이 점점 풍경이 되는 게 신기해서 즐겨보곤 했다. 가끔 사람들을 만날 때면 밥 아저씨를 아느냐고 물어본 적이 많았는데 이 화가를 아느냐 모르느냐로 나이 차이가 얼마나 나는지를 대충 가늠하기도 했다. 90년대생이라면 대부분 알고 있었다. 화가라는 표현보다는 아저씨라는 표현이 어울리는 사람이었다. 어릴 때 접한 것도 이유일 수도 있지만 생김새만 달랐지 어느 집 옆집에 살아도 괜찮을 것처럼 부드러운 인상을 지닌 사람이었다. 요즘은 뭘 하실까 싶어서 그분에 대한 자료를 찾아보다가 놀라운 사실 몇 가지를 알게 됐다.

그림 그리는 방송의 제목은 〈The Joy Of Painting〉이었다. 어쩐지 방송에서 그림을 너무 재밌고 쉽게 설명해준다고 했었는데 방송 이름 자체도 그림 그리기의 즐거움이었다. 이건 그럴 수 있다고 치고, 정말 놀라운 건 그다음에 알게 된 사실이었다. 밥 아저씨 방송이 EBS에서 시작된 건 1995년도였는데 그해는 밥 아저씨가 사망한 연도였다. 평소 자신의 화법이나 그림 그리기의 즐거움을 널리 알리고 싶어 했던 아저씨의 희망대로 먼 나라인 우리나라에서도 아저씨를 통해 그림을 배울 수 있었던 것이다. 지금까지도 어릴 때 보던 영상은 녹화된 지 얼마 안 된 거라고 생각했었는데 이미 돌아가신 분의 영상이었다는 건 조금 놀라운 일이었다. 그리고 그다음에 알게 된 사실이 이 글을 쓰게 된 이유이다. 밥 아저씨가 세상을 떠나기 전에 아내가 먼저 세상을 떠나셨는데 그 후에 밥 아저씨는 방송에서 이런 말씀을 하셨다.

어둠을 그리려면 빛을 그려야 하지요.

빛을 그리려면 어둠을 그려야 하고요.

어둠과 빛. 빛과 어둠이 그림 속에서 반복됩니다.

빛 안에서 빛을 그리면 아무것도 없지요.

어둠 속에서 어둠을 그려도 아무것도 안 보입니다.

꼭 인생 같죠?

슬플 때가 있어야 즐거울 때도 있다는 것을 알게 됩니다.

그리고 저는 지금 좋은 때가 오길 기다리고 있어요.

아내를 여의고 진행한 방송에서 사람들에게 저런 말을 할 수 있다니. 그것도 그토록 평온한 표정과 말투로. 그가 그리던 풍경들은 단순히 그림이 아니라 어떤 깨달음일지도 모른다는 생각을 이제야 한다. 어릴 때 즐겨 보던 한 화가의 말을 오랫동안 기억하고 싶다. 밥 아저씨를 한 번도 본 적이 없는 사람에게도 저 문장만큼은 도움이 되지 않을까. 어둠을 그리려면 빛을 그려야 한다. 빛을 그리려면 어둠을 그려야 한다. 슬플 때가 있어야 즐거울 때도 있다는 것을. 인생은 그림과 비슷하다는 한 화가의 깨달음을.

이렇게 생각하면 인생이 조금은 쉽게 느껴진다.

아름다운 사이

오랜만에 친구를 만나고
집으로 돌아가는 길이었어.
그날 한 일은 평소와 다를 게 없었지.
커피를 마시고 대화를 하고
시간이 남아서 거리를 좀 걸었어.

분명 평소와 비슷한 하루였는데
이상하게 집으로 돌아가는 길에
마음이 따뜻해지더니
푹 자고 일어난 것처럼 기운이 넘쳤어.

그날 집으로 돌아와
오랫동안 끝내지 못했던 일을
끝마쳤지.

그런 사람이 있어.
잠깐 시간을 함께 보냈을 뿐인데
뭐든지 다 할 수 있을 것만 같은
기분이 들게 해주는 사람.

내가 무엇을 가졌든
내가 어떤 일을 겪었든
내가 어떤 위치에 있든
가치 있는 사람처럼
느껴지게 하는 사람.

그런 사람들은 보통
힘내, 괜찮아, 잘할 거라는 말과 함께
눈빛, 말투 모든 것으로 나를 응원해줘.

얼마나 아름다운 사이야.

상처주고 상처받고

지치고 아픈 인간관계 속에서

함께 시간을 보냈다는 것만으로도

어떤 일이든 할 수 있는 기분이 든다는 게.

나를 가치 있게 만들어주는 사람과

오랜 시간을 보내고 싶어.

그리고 그 사람에게

당신도 무엇이든 해낼 수 있을 거라고

다정하게 말해주고 싶어.

믿음

지난 사랑을 돌아봤을 때

단 한 번을 빼고는 이별의 이유가

모두 같았다.

상대방을 더는 믿을 수 없어서 헤어졌다.

처음엔 그 원인이 나에게 있다고 생각했다.

너무 퍼줬나. 너무 의심하지 않았나.

가끔은 좀 귀찮게 할 걸 그랬나.

너무 정직하게만 살지 말 걸 그랬나.

오랜 시간이 걸리긴 했지만
연인 사이에서 하면 안 되는 행동을 한 것은
명백한 그 사람의 잘못이지
나 때문은 아니라는 사실을 이제는 받아들였다.
그럼 끝날 줄 알았는데 또 다른 문제가 있었다.

다음 사랑을 시작할 때면
언제나 그 믿음과 신뢰라는 것이
다시 내 사랑을 괴롭히기 시작했다.
이미 지나간 일이지만
새로운 사람을 만날 때면
그때의 상처들은 지나간 일이 아니었다.

거짓말을 할 때 그 누구도
나 지금 거짓말을 시작할 거예요, 라고
말하지는 않는 법이니까.
자신은 거짓말을 할 때
티가 많이 난다던 사람들이
오히려 더 태연했었으니까.

누군가와 사랑을 시작할 때

항상 시간이 오래 걸린 것도

이런 이유 때문이었다.

믿음 없이는 관계가 시작되지 않는데

쌓일 때까지 너무 오래 걸릴 뿐만 아니라

쉽게 형성되지 않았다.

좋은 사람이었을지도 모를

많은 사람과 멀어지고는 했다.

너와 가까워졌을 때도 비슷한 상태였다.

믿음이 생길만한 충분한 시간이 필요했다.

네가 아무리 좋더라도 너를 믿을 수 없다면

입술을 깨물면서라도 사랑을 건디려고 했었다.

다시 또 누군가를 만나서 아프고 다투고

미워하고 상처받을 바에는 혼자가 나으니까.

사랑이 어디 한 번이라도 마음대로 된 적이 있었던가.

다짐과는 무색하게 내가 생각했던 것보다

훨씬 빠른 속도로 우린 연인이 됐다.

믿음이라는 울타리가 없이 시작된 사랑이

어떻게 될까 두려웠던 생각과는 다르게

우리 사랑은 너무나도 안전했다.

그동안 했던 사랑과는 다른 모습이었다.

어쩌면 이 사람과 평생을 함께할지도 모르겠다는

생각이 불현듯 들 정도였으니까.

너는 나에게 다른 방식으로

믿음을 알려준 유일한 사람이었다.

한 사람을 믿기 때문에 사랑을 시작하는 것이 아니라

사랑하기 때문에 믿는다는 걸.

잘 사랑하는 방법

*

사랑 참 어렵다.

이 한 문장은 지난 시간 동안 사랑에 대해 쓰고 사랑을 중심으로 살며 그것을 이해하기 위해 최선을 다하면서 느낀 걸 한 줄로 요약한 것이다. 정말 모든 걸 다 해봐도 사랑은 어렵다. 저 사람과 만나도 어렵고 이 사람과 만나도 어렵다. 연인 관계의 멜로뿐만 아니라 부모 자식 관계, 지인, 친구, 동료, 모든 관계가 다 어려운 이유가 사랑이 섞여 있기 때문이라는 생각을 했다. 우열을 가리기도 힘들고 다 이야기하는 것도 장황할 테니 연인과의 사랑에 대해서만 이야기를 해볼까 한다. 내가 좋아했던 예술가들의 행보를 봤을 때 어떤 식으로든 삶이 확 바뀌는 경우는 대부분 연애 때문이었다. 이별하고 미치거나 사랑하고 미치거나 미쳤던 사람이 사랑을 통해서 안정을 취하거나 하는 것들이 다 연인관계에서 이뤄지는 일들이었다. 그만큼 한 사람에게 연인이 미치는 영향력은 강하다.

　이별하고 나면 이제 좀 사랑을 알겠다고 생각한 적도 있었다. 그래, 다음번엔 이러지 말아야지. 다음번엔 이렇게 해야지. 하지만 그대로 적용된 적이 없었다. 연애는 두 번째, 세 번째일지라도 그 사람은 처음이었으니까. 다시 또 원점으로 돌아가서 사랑이 어려워지고는 했다. 사랑이 어렵고 때론 피곤하고 또 아프다는 생각까지 들면 안 하고 싶다는 생각이 든다. 근데 또 그것도 마음대로 되지 않는다. 아무리 다짐하고 다짐해도 또 누군가를 사랑하고 있었다. 이거 참 골치 아픈 일이다. 난 작전을 바꾸기로 마음먹었다. 어차피 피할 수도 없고 어차피 어려운 거라면 최대한 잘하려고 노력해 보자.

사랑을 잘한다는 건 서로에게 상처를 주지 않는 걸 뜻했다. 행복하기 위해서 시작하는 게 연애인데 그게 서로에게 상처로 변질되는 것만큼은 막고 싶었다. 어느 한쪽이 일방적으로 희생하거나 포기하지 않고 나란히 걷는 것을 뜻하기도 했다. 어느 정도 희생과 포기는 필요하겠지만 맹목적으로 한쪽이 다 맞춰주는 것도 건강한 사랑이라고는 생각하지 않는다. 내 나름대로 사랑을 잘하는 방법을 찾은 게 있다. 연애할 때 상대방이 나에게 하는 행동을 잘 관찰하는 것이다. 예를 들어 나에게 질문을 많이 하거나 사소한 것도 챙겨주는 사람이라면 그 사람이 제일 원하는 건 그런 모습일지도 모른다. 술자리에서도 연락이 잘 되는 사람이라면 그 사람 역시 자신의 연인도 술자리에서 연락이 잘 되길 바랄지도 모른다. 중요한 건 너도 이렇게 해줬으면 좋겠다, 하는 마음에 의도적으로 하는 것이 아니라 자기가 받고 싶은 사랑을 상대방에게 나도 모르게 주는 심리가 드러난 것이라고 보면 좋겠다. 물론 다 그런 건 아니겠지만.

나한테 어떤 질문도 한 적이 없어서 나를 사랑하지 않는다고 느낀 적이 있었다. 결국 그런 이유로 이별을 했었는데 한참이 지나고 나서 깨달았던 건 그 친구한테 보여줬던 모습이 내가 받고 싶은 사랑의 모습이었다는 거다. 차에 타면 덥거나 춥지 않은지부터 물어봤었다. 영화를 보고 나면 어땠는지부터 물었고 항상 그 사람에게 신경을 쓰고 있다는 걸 질문을 통해 느끼게 해주려고 노력했다. 난 그게 그 사람을 위한 거라고 생각했지만 내가 받고 싶은 사랑의 모습을 그 사람에게 투영한 이유도 있다는 것을 한참 뒤에 깨달았다. 그 뒤로는 누군가와 사랑에 빠졌을 때 그 사람이 나한테 하는 행동을 보고 나도 그렇게 해주려고 노력한다. 그러다 보면 상대방이 원하는 사랑의 모습을 충족시켜줄 수도 있고 서로가 서로에게 더 잘하려고 하기 때문에 그래도 연애에 조금은 도움이 된다. 물론 그렇게 한다고 해서 사랑이 당장 쉬워지는 것은 아니지만 조금은 덜 다투고 더 다정하게 사랑할 수 있다. 나에겐 그랬다.

책

글 쓰다가 밤을 새운 적이 수도 없이 많았다.

분명 새벽에 방으로 들어왔는데

커피 한 잔 마시려고 거실로 나갈 때면

아침 해가 떠 있곤 했다.

밝아진 밖을 멍하니 바라볼 때는

회의감마저 들었다.

남들이 일어나는 시간에 잠드는데

그마저도 얼마 잘 수 없다는 사실과

예전엔 괜찮았던 몸이 해가 지나갈수록

밤샘 작업을 점점 버거워한다는 사실 때문이었다.

그럼 작업을 낮에 하면 되지 않냐고

묻는 사람들이 있는데 낮에는 늘

먹고 사는 일을 해야 했으니 그것도 불가능했다.

글이 안 써질 때면 집 앞 공원을 걸었다.

어느 날은 과연 내가 그 공원을 얼마나 걸었을까 싶어서

일 년씩 헤아려봤더니 자그마치 5년이나 그러고 있었다.

새벽이고 아침이고 여름이고 겨울이고.

걷는 거로는 스트레스가 풀리지 않아서

공원을 뛰면서 다짐했다.

이번 작업만 하고 이제 그만 써야지.

뉴스에서 오래 살지 못하는 직업군에

항상 높은 순위로 작가가 뽑히곤 했는데

그 이유를 알 것 같다며 진절머리를 떨었다.

모든 과정이 끝나고 책이 세상에 던져졌을 때

그것이 어떤 결과물을 가져오든 상관없이

늘 최선을 다해서 나를 알리려고 애썼다.

그리고 그런 시간이 지나고 나면

마치 무언가에 홀린 듯 다시 다음 책 작업을 하고 있었다.

그렇게 그만둬야지 그만둬야지 하면서

벌써 다섯 번째 책을 쓰고 있다.

이 모습이 사랑과 닮았다는 생각을 했다.

누군가와 헤어지고 나면 이제 아무도 안 만난다

사랑 안 한다 그렇게 노래를 부르고 다니다가

어느 순간 눈을 뜨면 누군가를 사랑하고 있었다.

마치 다음 책을 쓰는 내 모습처럼.

나는 다시 또 사랑에 빠지고

그 사람을 하나씩 읽어가고 있었다.

그 사람은 곧 나라는 책에 몇 페이지가 되었고

그 사람에게 나 역시 몇 장의 기록으로 남게 되었다.

그렇게 기록을 남겼던 사람이 떠나고 나면

어느 페이지를 찢어 그 사람을 버려야 하는지

어디를 읽고 어디를 읽지 말아야 하는지 알 수가 없어서

제목도 없는 책을 오랫동안 들고 있고는 했다.

헤어지던 날

메이크업 자격증을 준비하던
너를 위해 얼굴을 내어주던 날이었다.
아무리 연습해도 사람 얼굴에 하는 것만
못할 것 같다는 생각에
편한 옷을 입고 두 시간을 앉아 있었다.
꾸벅꾸벅 졸다가 티브이를 보다가
장난을 치면서 너는 내 얼굴에다
시험에 나온다는 것들을 연습해봤다.

나는 그날 눈 밑에다 화장을 처음 해봤다.

어찌나 느낌이 이상하던지

자꾸 눈을 감는 나를 보고 너는 귀엽다며 웃었다.

화장하지 않는 남자에게

독한 화장을 하면 피부가 상할 수 있다는 말에

너는 그날 로션을 세 개나 가져왔다.

세수하는 모습조차 사랑스러운 눈으로 구경하더니

물기를 닦자마자 로션을 가져와서는

하나씩 내 손에 덜어줬다.

향기가 좋았다.

그날 연습을 마치고 저녁을 먹다가

우린 헤어졌다.

이유를 따져봤자 무슨 의미가 있을까.

이별한 사람들을 붙잡고 물어보면

한 번쯤은 들어볼 법한 이야기였다.

그 흔한 사유가 사랑을 하는 사람들에게는

특히 서로가 서로를 많이 좋아한 우리에게는

흔한 일이 아니었으니 끝을 맺은 거였다.

집으로 돌아와 한 시간 동안 통화를 했다.

명백한 너의 잘못이었으므로

그냥 나는 너를 욕하고 미워하면 되는 건데

한심하게 또 한 시간이나 이야기를 들어줬다.

입술을 몇 번이나 깨물고 머리를 쥐어뜯고 나서야

전화를 끊었다. 그래, 이제 내가 해야 하는 일은

보란 듯이 잘 사는 일이었다. 상처 준 너에게 복수하듯

나를 망치지 않고 더 멋있게 잘 지내는 거였다.

그래도 오늘만은 충분히 슬퍼하고 싶어서

냉장고를 열어 맥주 한 캔을 잡았다.

손에 물기가 닿자마자 네 로션 냄새가 확 풍겼다.

한 입 마시고는 어딘가 잘못된 것처럼

눈물이 쏟아지길래 두 손을 올려 얼굴을 감쌌다.

얼굴에서도 네 냄새가 났다.

도망갈 곳이 하나도 없었다.

나에게 했던 말

*

　내가 제일 어리네. 수술실로 들어간 아버지를 기다리면서 한 생각이었다. 아버지 이름 옆에 쓰여 있던 수술 대기 상태가 수술 중으로 바뀌자 그제야 한숨 돌리면서 보호자 대기실을 둘러봤다. 수술실로 내려가는 엘리베이터는 병실 옆에 따로 있었는데 이것저것 하다 보니 아버지와 다른 엘리베이터로 내려오게 됐다. 수술 잘 받고 오라고, 걱정 말라는 말을 해주지 못한 게 마음에 걸려서 주변을 둘러볼 여유조차 없이 모니터만 바라보고 있었다. 오전 9시가 안 된 시간. 보호자 대기실에는 사람들이 가득했다. 그리고 그 사람들 사이에서 내가 제일 어렸다. 익숙한 풍경이었다. 앞에서 말했던 것처럼 스무 살부터 보호자라는 이름으로 여기저기를 다녔으니 낯설지는 않았다. 수술은 생각보다 잘 됐다. 놀랐던 건 아버지 장기 일부를 잘라냈었는데 그걸 보호자라는 이유로 나에게 보여주는 게 아닌가. 난 사람의 장기를 보는 훈련을 받은 적이 없는데……. 라는 말을 속으로 하면서 고개를 끄덕였다. 그리고는 커피 한 잔 마시면서 아버지가 이젠 나에게 별 경험을 다 시켜준다면서 헛웃음을 짓곤 했다. 지금은 그리운 이야기가 되었지만.

창작자의 삶을 살겠다고 스스로 결정했을 때. 내가 유명하든 돈을 많이 벌든 그렇지 않든 늘 스스로에게 당당했던 이유도 그 때문이었다. 이렇게 빨리, 남들보다 많이, 무언가를 겪었으니 조금 다른 직업을 선택하는 건 그리 이상한 일이 아니라고 생각했다. 어쩌면 사람들을 위로해줄 수 있었던 이유도 그 때문이라고 생각했다. 난 늘 스스로를 위로해줘야만 했다. 아버지가 어떻게 됐을까 봐 병실 문을 열기 전에 가슴이 뛸 때도, 아버지는 그냥 자고 계신 건데 혹시 무슨 일이 있을까 싶어 코 밑에 조용히 손을 대볼 때도, 어머니가 일찍 세상을 떠났을 때도, 게다가 남들처럼 이별하고 사랑하고 다시 또 이별하고 꿈을 꿨다가 포기하고 학업과 취업까지. 그런 일련의 과정들까지 더해지면서 도저히 견딜 수가 없는 날이 많았다. 그럴 때면 언제나 스스로를 위로하곤 했다.

괜찮아, 잘 될 거야. 다 지나간다. 이 악물고 버텨. 모든 말을 나에게 다 해봤지만 그렇게 도움이 되지는 않았다. 조금 더 어릴 때는 친구들에게 털어놓고는 했었는데 어느 순간은 그게 짐처럼 느껴질 때가 많았다. 이야기를 털어놔도 결국 해결해야 하는 건 나였고 아직 경험해보지 않은 일을 들었을 때, 어떤 말을 해야 할지 고민하는 친구들을 보는 것도 미안했다. 힘내라는 말만큼 잔인한 말이 없다고 생각한 적도 있었다. 누구나 다 이 고통이 끝날 걸 알지만 지금 견딜 수 없기 때문에 괴로워하는 것인데 힘내라니. 힘이 나지 않아서 이야기를 꺼낸 건데 힘내라니.

나에게 가장 도움이 됐던 건 이런 말이었다. 아리스토텔레스가 사람을 설득할 때 필요한 요소 세 가지를 이야기했다. 로고스, 에토스, 파토스다. 말이 좀 어렵지만 로고스는 말의 논리에 해당하고 에토스는 말하는 사람의 인격이나 태도를 뜻하고 파토스는 청중들의 심리를 뜻한다. 세 가지가 다 맞아떨어져야 누군가에게 감동을 주고 설득을 할 수 있다는 내용이다. 중요한 건 에토스다. 나는 내가 견딜 수 없는 일이 일어날 때면 내 에토스가 달라지고 있다고 생각하고는 했다. 남들과 다른 경험을 하고 다른 것을 느끼는 시간이 길었으니 내 태도나 마음도 달라졌을 거라고. 아프지만 확실하게 내 영혼이 남들과 달라진다고 생각하면 마음이 좀 나아지고는 했다. 영혼이 특별해지는 게 무슨 대수일까 싶지만 눈에 보이는 것보다 눈에 보이지 않는 게 더 중요한 법이니까. 내면의 특별함은 언제나 외면으로 묻어나고 그 묻어난 외면은 삶의 여러 장면에서 빛을 본다고 생각한다. 창작을 하든 회사를 다니든 교육을 하든 몸을 쓰는 일을 하든 말이다. 만약 누군가를 만났는데 그 사람이 너무 매력적이거나 어디서 느껴본 적 없는 기운이 느껴진다면 세상 그 누구보다 상처를 많이 받은 사람일

지도 모른다. 그리고 그 사람 역시 지난 시간을 내 영혼
이 특별해지고 있다는 한마디로 견디고 또 견뎠을지도.

나에게 하는 말

있잖아요. 어른이 되는 과정에서
상처를 많이 받았지만
여전히 삶을 사랑하는 사람들의
특징이 뭔 줄 알아요?
자신도 모르는 사이에 자꾸 희생을 자처해요.

나를 위한 선택보단 타인을 위한 선택을
더 많이 하는 거죠. 또 습관적으로 무조건 참아요.
힘든데, 힘든데, 이게 아닌데, 아닌데 하면서
입술을 꽉 깨무는 거죠.

그런 날이 반복되다 보면
어느 날 밤 문득 그런 기분이 드는 거예요.
나는 누구지? 세상에 내 편이 있긴 하는 걸까?
길을 잃게 돼요. 그러다 또 어떤 일이 잘못 흘러가면
바보처럼 자신을 탓하면서 괴로워하죠.
자기 탓이 아닌데 말이죠.

눈 딱 감고 그냥 하고 싶은 대로 해요.
가끔은 무엇도 생각하지 말고
나부터 생각해야 할 때가 있는 거니까.
그동안 너무 많은 것을 짊어지고 살아왔는데
몇 번쯤은 괜찮아요.

나부터 챙겨요.

서른이 되고 달라진 것

✻

새해가 될 때마다 서점가에서 유행처럼 다시 떠오르는 책이 있다. 서른에 관한 책이다. 이상하게 마흔이나 쉰, 스물에 관한 책은 그대로인데 서른에 대해서 쓴 책만 다시 역주행을 하기 시작한다. 그만큼 서른을 예민하게 반응하는 사람들이 많다는 생각을 하고는 했다. 아직 마흔이 되어보지 못했으니 마흔에 대한 이야기는 그때 다시 하기로 하고 왜 그렇게 서른을 예민하게 반응하는 걸까 생각해봤다. 최승자 시인은 이렇게 살 수도 없고 이렇게 죽을 수도 없을 때 서른 살은 온다고 이야기했다. 그 말처럼 서른은 과도기가 아닐까 한다. 스무 살은 성인이 된다는 생각에 설렘이 가득했다면 서른은 어딘가 책임이 더 묻어나는 나이 같달까. 물론 이 글을 나보다 훨씬 더 나이 있는 분들이 본다면 귀엽게 볼수도 있겠지만. 스무 살이 될 때는 뭔가 엄청난 세상이나를 기다리고 있는 두근거림이 먼저 느껴진다면 서른은 무언가를 이뤄내야 하는 부담감이 더 크게 느껴진다. 앞자리가 2로 바뀔 때는 자유가 느껴지고 3으로 바뀔 땐 책임감이 더 먼저 다가오는 차이가 생기는 것 같다. 그래서 더 잘 살고 싶은 마음에 서른에 관한 책을 읽는 걸지도 모른다고 생각했다.

나이는 정말 중요하지 않다고 생각하면서 사는데 그래도 서른이 됐을 땐 기분이 좀 이상했다. 한 2개월 정도 그랬던 것 같다. 내가 서른이라니, 내가 서른이라니. 알고 있다. 마흔이 되어서도 저런 말을 할 것이고 죽을때까지도 나이 들어간다는 걸 잘 받아들이지 못할 거라는 걸. 서른이 되고 나서 달라진 것들이 있다면 우선은 그 전보다 내면의 평화가 더 생겼다는 점이다. 이십 대때는 그렇게 마음이 요동쳤었는데 어느 순간부터 조금 평화로워지기 시작했다. 이건 그래도 지나온 경험이 쌓이면서 세상 모든 일은 그럴 수 있다는 깨달음이 조금씩 생긴 덕분이 아닐까 한다.

또 놀랍도록 인간관계가 깔끔해지고 있다. 더는 사적으로 친해지는 사람이 그렇게 많지 않다. 기존에 있었던 사람들도 온갖 일을 겪으면서 다 정리가 됐다. 내 의지로 정리한 사람도 있고 그냥 세월이 끊어준 연도 있다. 물론 반대로 이야기하면 깊어질 사람들과는 더 깊어졌다는 이야기다. 지금 내 옆에 있는 몇 없는 사람들은 떠올리면 고맙다는 생각밖에 들지 않는다. 불필요한 관계 때문에 얼마나 마음이 망가지고는 했었는가. 이제는 그런 일이 옛날보다 줄어든다는 사실만으로도 마음이 편하다.

결혼 생각이 많아진다. 결혼을 하고 말고를 떠나서 그냥 결혼이라는 것 자체에 생각이 많아진다. 아무래도 주변에서 한두 명씩 결혼하는 모습을 본 영향도 있겠지만, 그보다는 내 내면의 변화가 더 크다. 무엇이든 앞만 보고 달려가던 지난날과는 다르게 숨을 고르고 잠시 멈춰가는 방법 또한 터득해가면서 나를 돌아보는 시간이 많아진다. 그때 결혼에 대한 생각도 같이 들었던 것 같

다. 옛날엔 집에 오면 무조건 혼자 있고 음악 하나 틀어
놓는 게 좋았는데 현관문을 열었을 때 누군가가 있었으
면 좋겠고 음악 소리 보다는 대화가 더 가득했으면 좋
겠다는 생각이 들곤 한다. 혼자 하는 게 이제 재미 없어
졌달까. 함께하는 즐거움을 점점 더 크게 느끼고는 한다.

경제적 결정권이 그 전보다 훨씬 강해진다. 한마디로
내 밥벌이는 내가 하게 된다는 뜻이다. 물론 사람에 따
라서 가족의 보호를 일찍부터 받지 못하면 조금 더 어
린 나이에 생길 수도 있지만, 그런 사람일지라도 서른
이 넘어가고 나면 조금씩 더 선택권이 강하게 부여되는
것 같다. 물론 이건 경제적인 여유가 생긴다는 뜻과는
이야기가 좀 다르다. 결혼할 예정이거나 나름의 사정
때문에 여유가 더 없을 수도 있지만, 결정권 자체는 더
강해지는 것 같다. 어떤 것에 돈을 지불할 때 그동안은
많은 요소가 따라붙었다면 점점 그런 건 사라지고 순순
히 내 결정에 의해서 돈을 사용하곤 한다.

마지막으로 달라지는 건 겉모습이 아닐까. 이건 단순히 늙고 피부가 노화되고 이런 것을 뜻하는 게 아니라 그동안 살아온 모습이 외적으로 조금씩 묻어나기 시작한다는 말이다. 관리를 꾸준히 한 사람과 그렇지 않은 사람은 몸매부터가 달라지기 시작하고 다른 사람에게 못된 마음을 품었던 사람은 인상 자체가 조금씩 변하는 느낌을 받는다. 시간이 흐를수록 얼굴은 자기 자신의 책임이라는 말이 조금씩 와닿고 있다. 당장은 나를 위한 시간들이 빛을 보지 않더라도 나중을 위해서 나를 더 신경 써야겠다는 생각이 든다. 아직은 더 살아봐야 알겠지만 서른이 지나면서 느꼈던 것들은 이랬다. 물론 이 서른이라는 말에 어른이라는 말을 넣어도 비슷할 것이다.

내 삶의 주인공

*

앞에서 결혼 이야기가 나온 김에 관련된 이야기를 조금 더 할까 한다. 대한민국에서 살아가는 사람이라면 누구나 다 결혼에 대해서 깊게 생각해본 적이 있지 않을까. 그런 적이 없더라도 결국은 생각할 수밖에 없는 구조다. 오랜만에 만나는 어른들은 결혼 안 하냐는 말로 인사를 건네고 사회생활을 할 때도 나이가 어느 정도 있으면 결혼했냐는 질문부터 하고는 하니까. 주변 친구들이 하나둘씩 장가가겠다고 집 사고 적금 들고 준비할 때 나도 그런 이야기를 많이 들었다. 근호 너는? 작가님은 결혼 생각 없으세요?

그런 질문을 들었을 때 그다지 괴롭지 않았던 이유는 선택을 내렸기 때문이다. 물론 나중에 바뀔 수 있다고 생각하지만, 당장은 생각이 없다. 누군가와 함께 살기에는 벌여놓은 일도 많고 아직은 두렵다. 누군가와 함께 살면서 남편, 아빠가 되어가는 일은 내게 너무 거대한 일처럼 느껴진다. 뭐, 완벽하게 준비하지 않고 하나씩 갖춰가는 게 결혼생활이라고 말하는 사람들이 많지만 지금은 때가 아니라는 느낌을 지울 수가 없다. 결정을 내리지 않았다면 그런 질문들에 스트레스를 받았겠지만 스스로 선택을 내린 후에는 누가 물어봐도 아무렇지 않았다.

살아가다 보면 선택에 기로에 서게 된다. 오늘은 어떤 것들 먹을까 하는 사소한 것부터 학교에 다닐 건지 그만둘 건지. 취업을 할 건지 잠깐 쉬어가며 다양한 경험을 해볼 건지. 그 사람을 사랑할 건지 최대한 멀어질 건지. 이 일을 해볼지 저 일을 해볼지 고민하는 것까지 이어지곤 한다. 같이 일하는 친구에게 물어본 적이 있었다. 우리가 지금 하는 일을 조금 더 깊게 해볼 생각이 있냐고. 만약 그렇게 하겠다면 밥을 거르는 일도 많고 잠을 못 자는 날도 많을 거라고. 대신 우리가 멋있다고 생각한 삶에는 가까워질 수 있을 거라고 말했다. 난 그렇게 살기로 마음먹었으니 너만 선택해주면 된다고 말한 적이 있었다. 친구는 알겠다는 대답을 했다. 그 뒤로 어떤 일이 일어나도 그다지 힘들어하지 않았다. 내가 선택한 일이었으니까.

학교를 그만둘 때도 내 의지로 선택했기 때문에 후회가 없었고 남들처럼 취업하고 적금 들고 평범하게 사는 삶에서 벗어나 창작자가 된 것도 오롯이 내 선택이었기 때문에 지금의 삶에 대해서 불평을 가진 적은 없다. 멀쩡히 잘 운영하던 카페를 그만두고 창작자의 삶에 모든 것을 걸어보고 싶었을 때, 그때 나를 힘들게 했던 건 정들었던 카페를 정리하는 것만큼 고민하는 그 시간 역시 괴로웠다. 선택이라는 건 삶에서 너무 많은 부분을 차지한다. 옳은 선택과 옳지 않은 선택이 존재할까 싶지만은 그래도 한 가지 중요한 건 누가 주인공이냐는 것이다. 선택의 주인공이 내가 아니라 타인이라면 괴로울 것이고 내가 내린 선택이라면 어떤 결과든 만족스러울 것이다. 생각보다 내 삶의 주인공으로 사는 게 어렵다.

내가 내 삶의 주인공이 된다는 것은 그런 게 아닐까. 사소한 것부터 거대한 것까지 내 선택으로 가득 채우는 것. 내 삶에 내가 선택한 것이 많은 것.

면접

모임이 있는 날이었어.

한 분이 좀 늦게 오셨지.

근데 평소에 입던 옷과 다르게

정장을 입고 온 거야.

구두도 신고 있었어.

어디 다녀오는 길이냐고 물었더니

면접 갔다 오는 길이라고 하시더라.

그거 때문에 늦은 건 아니래.

일자리를 구하기 전에 프리랜서로

조금씩 일하고 있었는데 예전에 만든 걸

급하게 좀 수정해달라는 요청이 들어왔대.

그걸 수정하고 오느라 늦은 거지.
구두를 신어서 뛰기 힘들었을 텐데
발도 많이 아팠을 텐데 늦은 게 미안해서
물 한 모금 못 마시고 뛰어온 것처럼 보였어.

그날 나눴던 이야기는 그랬어.
나는 창작자가 되겠다고 마음먹고
십 년이 넘는 시간 동안 여기에 몰두했는데
매일 밤 글쓰기가 어렵다고.
그게 한 줄짜리든 연인에게 쓰는 편지든
책을 내는 일이든 말이야.

직장인들이 컴퓨터를 잘 다루는 것처럼
나도 글쓰기가 익숙해질 법도 한데
시험공부 같은 것도 제대로 안 해보고
여기에다가 그렇게 모든 걸 걸었는데

여전히 어려워.

근데 그럴 때마다 내가 못나고 부족해서

글쓰기를 어려워하는 게 아니라

이건 원래 어려운 일이라는 생각을 자주 한다고 말했어.

그러다 그분과 눈이 마주쳤는데

나도 모르게 말을 건넸어.

오늘 많이 힘드셨을 것 같아요.

면접 보고 오면 그런 기분 들잖아요.

세상에서 내가 제일 작은 것 같은 기분.

이 험난한 사회에서 살아갈 수 있을까, 하는

걱정도 들고. 거기다 모임도 늦고

급하게 수정 요청까지 들어왔으니 얼마나

오늘 하루가 힘들었겠어요.

근데 그렇게 생각해줬으면 좋겠어요.
만약 오늘 면접 결과가 좋지 않거나
면접 볼 때 내 모습이 불만족스러웠어도
자신을 탓하진 않았으면 해요.

면접을 보는 것도 그렇고
면접관이 되어서 누군가를 뽑는 것도
어떤 회사에 들어가고
낯선 사람 앞에 자신을 내보이고 하는
그 모든 일은 원래 어려운 일이니까요.
내가 못나고 부족해서 그런 게 아니라
원래 어려운 일.
어려운 일이라 어려웠던 것뿐이라고요.

진짜 사랑이라는 것

'Hello, Stranger?', 영화 <클로저>의 명대사다. 영화를 보지 않은 사람일지라도 저 대사를 들어본 사람은 많을 것이다. SNS를 돌아다니다 보면 클로저의 장면을 캡처한 사진을 많이 볼 수 있다. 이 영화는 2005년도에 개봉을 했는데 관객 수가 24만 명이다. 관객 수에 비해서 주변에서 이 영화를 봤다는 사람은 훨씬 많았다. 아무래도 뒤늦게 알려진 영화라는 생각을 지울 수가 없는 지표였다. 당시에 그런 영화에 관심 없던 아이들이 어른이 되고 빠진 영화 같달까. 나도 개봉하고 한참이 흐른 뒤에 우연히 접했던 영화였다. 야간 아르바이트를 하느라 시간이 널널한 상태였는데 그때 영화를 참 많이 봤다. 당시에 좋은 뮤지션이 되는 게 꿈이기도 했으니 다양한 작품을 보는 게 도움이 될 거란 생각이 있었다. 다른 장면은 잘 기억나지 않지만 여전히 기억나는 장면 이 있다. 나탈리 포트만이 침대 위에서 전 애인이었던 가 현재 애인이었던가 했던 주드 로의 '사랑해.'라는 말 에 대답하는 장면이다.

"어디에 있어? 사랑이 어디에 있어? 볼 수도 만질 수도 느낄 수도 없어. 몇 마디 말은 들리지만, 그렇게 쉬운 말들은 공허할 뿐이야. 뭐라고 말하든 이제 늦었어."

결말도 기억 안 나는 영화의 저 장면만큼은 어제 본 것처럼 또렷하다. 글을 쓸 때든 그 글을 묶어서 책을 만 들 때든 항상 진짜 사랑이라는 말을 많이 썼었다. 도대 체 진짜 사랑이 뭔지 알고 싶었기 때문이다. 나탈리 포 트만의 외침처럼 사랑은 어디에 있을까. 만질 수도 없 고 볼 수도 없는 그 사랑이라는 것은 도대체 뭘까. 가장 최근에 낸 책의 작가소개에는 도대체 사랑이 뭘까 고민 하다 보니 여기까지 왔다는 말을 썼을 정도였다.

진짜 사랑이라는 것을 떠올리면 한 사람이 생각난다.

처음 봤을 때 그녀는 무엇이든 똑 부러지게 결정할 것 같은 사람처럼 보였다. 그런 그녀와 연인이 됐을 때 편의점에서 같이 마실 것을 고르던 날이 있었다. 무엇이든 똑 부러지게 결정할 것 같던 그녀가 음료수 하나를 선택하는 데에 한참을 어려워하는 게 아닌가. 편의점에 들어가자마자 금방 골랐던 음료수를 들고는 이런 생각을 했다. 아, 내가 생각한 것보다 시간이 오래 걸리는 사람이구나. 다음부터 편의점에 같이 갈 때면 일부러 천천히 고르거나 그래도 여전히 그녀가 고민하고 있다면 앞에 있는 것의 이름을 하나씩 읽어보며 기다리고는 했다. 시간이 흘러 그녀와 더 많은 이야기를 나눴을 때 비로소 알게 됐다. 강하게만 보였던 그녀는 세상 누구보다 여린 사람이었고 작은 것을 선택할 때도 수없이 고민하는 사람이라는 걸. 신념과 확신을 가지고 나아가기보다는 불안과 망설임을 더 자주 느끼는 사람이라는 걸. 그 모습을 숨기기 위해 최선을 다하고 있다는 것을.

누군가와 함께하다 보면 처음에는 보이지 않았거나 몰랐던 사실을 하나씩 알게 되는 순간이 온다. 귀 옆에 점이 있었네, 하는 사소한 것부터 물건을 고르는 데 오래 걸리고 걸음이 좀 느리다는 것까지. 누군가와 함께할 때 가장 중요한 태도는 그런 서로의 다름을 이해하려는 것이다. 애초에 사랑이란 건 다르게 살아온 두 사람이 같은 곳을 보고 같은 길을 걷는 것이다. 네가 틀렸다, 내가 맞았다. 네가 맞았다, 내가 틀렸다가 아니라 서로 다를 수 있다는 것을 기억하는 것. 서로가 가진 본래의 모습을 바꾸려 들거나 다그치지 않고 그대로 인정해주는 것. 인정을 바탕으로 기다리고 이해하며 함께하는 것. 이것이 진짜 사랑이 아닐까.

잊고 있었던 꽃가게

홍대입구역 앞에서
꽃을 파는 할아버지가 계셔.
계산은 현금으로밖에 안 되지만
가격도 저렴하고
이상하게 그곳에서 꽃을 사면
기분이 좋아서 자주 들렀지.

신문지에 감싼 게 좋아서
살 때마다 포장은 괜찮다고 말하고는 했는데
아쉬운 건 매일매일 나오시진 않는다는 거야.

근처에 친구가 있으면

오늘 할아버지 계시느냐고 묻고는 했어.

차를 타고 지나갈 때면

근처부터 속도를 줄이고는

할아버지가 있는지 없는지 확인할 정도였지.

그렇게 좋아하던 곳이었는데

마지막으로 간 게 언제였더라?

잊고 있었던 고백

글 쓸 소재가 잘 떠오르지 않아서
친구에게 메시지를 보냈다.
"뭐 없을까?"
얼마 지나지 않아서 답장이 왔다.

난 그때가 기억나는데.
같이 포장마차에서 술 먹을 때
네가 좋아하는 사람이 왔었잖아.
그날 네가 책 선물해줄 때 맨 앞에다가
그렇게 썼었어.

"다른 책도 네가 원하면 다 줄게."

난 이상하게 그게 그렇게 오래 기억에 남더라.

맞다, 그랬었다.

친구랑 한잔하고 있는데

당시 좋아하던 사람이 근처에서

운동이 막 끝났다고 하길래

마침 줄 책도 있으니

괜찮으면 저녁 먹고 가라고 했었다.

많이 좋아했던 사람인데

다가가기에는 내가 너무 부족하단 생각에

그렇게밖에 고백을 못 하던 시절이었다.

잊고 있었다.

그런 고백을 하던 순간이 있었다는 것을.

이제는 사랑 앞에서 위험을 무릅쓰려 하지 않으니까.

성실함

*

스무 살 때 가출을 한 적이 있다. 그 정도면 독립 아니냐고 하는 사람들이 있던데 아무것도 가진 게 없이 가방 두 개만 들고나왔으니 가출이었다. 어떤 연락도 없이 그냥 무작정 집을 뛰쳐나온 거였다. 서울역에서 잠을 자거나 근처 사우나, 여관 생활을 했다. 친구들도 보기 싫어서 전화번호까지 바꿨다. 가족도 친구도 꿈도 무엇도 필요 없었다. 아무리 일해도 나아지지 않는 생활과 죽을 듯이 노력하면 괜찮아질 거라 생각했던 일들은 늘 그대로였다. 그때 누나가 나에게 연락하던 유일한 수단이 하나 있었는데 바로 이메일이었다. 같이 카페를 할 때 자료를 주고받았던 메일로 편지를 보내곤 했었다. 처음엔 읽지 않다가 누나한테까지 그러긴 싫어서 답장을 보내려고 메일을 열었을 때 눈에 띄는 문장이 있었다.

"학교도 한 번 안 빠지고 성실했던 근호가 이렇게 집을 나갈 정도로 힘든지 몰랐어…"

누나 잘못이 아니라는 답장을 보내고 나서도 오랫동안 머리에서 사라지지 않는 단어가 있었다. 성실함. 그래, 성실했었지. 항상 그렇게 살았던 것 같은데 지금 나에게 무엇이 남았나 싶었다. 아무리 인생이 구렁텅이 같았어도 학교는 꼬박꼬박 나갔었고 초등학교 이후로 학원 한 번 안 다녀봤어도 공부는 곧잘했었고 아르바이트를 하면 다른 친구들이 그만두더라도 혼자 끝까지 남아 있곤 했다.

어디서든 성실하다는 소리를 들으며 지냈는데 그게 뭐 좋은 거라고 그렇게 살았을까 싶은 것이다. 불성실하고 도덕적이지 못한 사람들이 오히려 나보다 더 잘 사는 거 같은데. 성실하게 사랑을 한 대가로 옛 애인은 바람을 피웠고 성실하게 작업을 한다는 이유로 한 사람은 나를 이용했고 성실하게 일을 했더니 장기가 부었다며 맹장을 떼어냈다.

그런 생활들에 신물이 날 때마다 나는 다짐했다.

그래. 사랑 같은 거 그냥 눈 맞으면 시작해버리고 돈 되는 일이라면 나쁜 일도 서슴없이 하자. 가끔 무책임하고 무례하게 내 멋대로 일을 진행하기도 하고. 문제는 아무리 노력해도 그게 절대 되지 않는 것이다. 성실한 게 뭐 좋은 거냐고 자꾸 중얼거리면서도 또 출근하고 밤늦게까지 작업을 하면서 성실하게 살고 있는 것이다. 결국 성실함도 어떤 기질 같은 거라고 결론을 내렸다. 자기가 그렇게 안 하고 싶다고 안 할 수 없고 그렇게 하고 싶다고 해서 할 수 없는 타고난 기질 같은 거. 그게 어릴 때 형성되는 건지 크면서 형성되는 건지는 몰라도 한 번 몸에 익은 사람에게는 쉽게 떨어져 나가는 것이 아니라는 결론을 내렸다.

서울역에서 지냈던 게 벌써 7년 전 이야기다. 지금도 그때와 다르지 않다. 여전히 성실하게 지내고 있다. 가끔은 내가 해야 하는 일보다 더 많은 일을 찾아서 한다. 여전히 불규칙한 삶 속에서 나만의 규칙을 만들어 하루를 꼭 채워 사는 중이다. 그래서 그동안 무엇이 달라졌냐고? 달라진 것은 없다. 그때처럼 종종 사람에게 상처받고 사랑에 배신당한다. 그런데도 왜 그렇게 성실하게 사냐고? 그냥 성실하게 사는 게 편하기 때문이다. 일을 끝내지 못해서 찝찝하고 불안한 것보다 밤을 새우더라도 완성하는 게 더 마음 편하다. 아무리 사랑에게 상처받더라도 사람과 함께하는 것이 좋다. 성실하고 정직하고 열심히 살면 하늘이 알아준다, 이런 말은 별로 와닿지 않는다고 생각한다. 그동안 성실하다는 거 하나 내세우고 살았던 삶에서 그나마 좋았던 것은 내가 나 자신에게 당당할 수 있다는 거였다. 내가 나 자신에게 당당하다는 그 사실이 나중에 무엇을 다르게 해줄지는 아무도 모르는 일이다. 그렇게 생각하면서 지금 당장 무엇이 달라지지 않더라도 오늘도 성실하게 하루를 산다. 그게 마음 편하니까.

각도기 이론

*

모처럼 쉬는 날이었다. 무엇을 하면 좋을까 싶다가 집 안이 너무 엉망인 것 같아 대청소를 하기로 마음먹었다. 커피를 한잔 내리고 음악을 틀었다. 주방부터 거실까지 하나씩 치우기 시작하다가 마침내 방을 정리할 시간이었다. 바쁘다고 던져놓았던 쇼핑백부터 책상까지 하나씩 정리를 하고 있는데 더는 책을 놓을 공간이 보이지 않는 것이다. 책상 밑에도 쌓아보고 잘 안 읽는 것은 정리해서 베란다에 넣어 봐도 방안이 온통 책 투성이었다. 도대체 언제 이렇게 많은 책이 쌓이게 된 걸까. 정리를 하다 말고 침대에 기대 가만히 생각해봤다.

그러고 보니 언젠가부터 SNS에 글을 올리면 많은 사람이 읽어주고 있다. 한 권씩 내던 책이 쌓여서 벌써 네 권이나 되었고 방안에도 이렇게나 책이 많다니. 그러고 보니 자주 만나는 사람들도 거의 창작을 하는 사람들뿐이었다. 한쪽에는 사인회나 행사를 다니면서 받은 편지들이 수북하게 모여 있었다. 음악을 시작한 게 시작이었나. 초등학교 때 우연히 읽었던 시가 좋아서 도서관에 들락날락한 게 시작이었나. 운동을 그만둔 게 시작이었나. 아버지가 중학교 때 심심하면 들으라면서 사다 주신 턴테이블 때문이었나. 누나랑 같이 여름방학 때 인터넷 소설을 읽은 적이 있었는데 그 책 때문인가. 신경숙 작가의 엄마를 부탁해라는 책을 읽고 첫 줄에서 표현할 수 없는 충격을 받았었는데 그 때문인가. 온갖 이유를 따져 봐도 쉽게 알 수가 없었다.

살다 보면 이렇게 어느 순간이라는 말이 어울리는 때가 있다. 눈을 떠보니 어느 순간 사랑을 하고 있었고 눈을 떠 보니 어느 순간 어른이 되어 있었고 정신을 차려 보니 어느 순간 나에게서 무언가가 멀어지고 있다. 나는 각도기 이론이라는 것을 좋아한다. 그런 이론이 실제로 존재하지는 않는다. 각도기로 삶을 이야기한 어떤 사람의 말을 듣고 내가 붙여버린 이름이다. 각도기에서 실제로 1도 차이는 정말 티끌만큼 작은 차이다. 하지만 그 작은 차이가 멀어지면 멀어질수록 점점 큰 차이를 만들어낸다. 바로 앞에선 1도밖에 틀어져 있지 않던 것이 길게 이어지고 이어질수록 점점 차이가 심해지는 것이다.

언제부터 내 삶이 이렇게 달라졌을까 싶어 생각했던 모든 것들이 조금씩 내 삶의 각도를 벌려놓지 않았나 싶다. 당장 그때는 눈에 보이게 달라지는 게 없었지만 그런 날들이 쌓이고 쌓여서 지금의 나를 만들지 않았을까. 이렇게 생각해보면 아무 소용없다고 생각했던 일이 쓸모없게 느껴지지 않는다. 당장은 어떤 반응이 일어나지 않을지라도 내 삶의 각도가 1도는 달라져 있을지 모를 일이니까. 최대한 많은 것을 두드리고 많은 경험을 하는 게 그래서 중요하다고 말하는 걸지도 모르겠다. 어디서 언제 내 삶이 달라질지 아무도 모르는 일이다.

*

　글쓰기가 생업이 되고 나서 그만두고 싶다고 느꼈던 적이 몇 번 있었다. 솔직히 말해서는 자주 있었다. 창작의 고통과 불특정 다수에게 선택받아야 하는 삶이 점점 버거운 것도 있었지만, 그보다 더 괴로웠던 건 인간관계다. 글을 쓰는 건 너무 좋은데 책을 만들고 그것을 홍보하고 또 계약을 하는 행위들에는 엔터테인먼트적인 요소가 가미되어 있었다. 당연한 거 아니냐고 말할지도 모르겠으나 나는 책만큼은 다른 영역인 줄 알았다. 어릴 때부터 나에게 책은 성스러운 느낌이 있다고 여겨졌기에, 책에만큼은 그런 요소가 없는 줄 알았지만 다른 장르와 다를 것 없이 이것도 하나의 엔터테인먼트였다.

몇 번의 계약을 하면서 겪었던 이야기들을 하나둘씩 풀어보면 아무래도 변호사 사무실로 달려가야 할 것 같으니 그 이야기는 하지 않겠다. 단순히 어떤 회사와의 계약뿐만 아니라 글을 쓰게 되면서 정말 많은 사람을 만났다. 같이 협업을 하기 위해서 만나기도 했고 내가 부탁해야 할 일이 있었던 적도 누군가가 내게 부탁을 한 적도 있었다. 그 관계 속에서 가까워진 사람보다 이제 얼굴을 보지 않게 된 사람이 더 많다. 보통 어떤 일이 끝나면 항상 자기검열부터 하는 편이다. 사랑이든 인간관계든 일과 관련된 것이든. 어떤 사람을 탓하고 어떤 상황을 원망해봤자 어차피 또 내일을 살아가야 하는 건 나니까 나를 점검하는 게 더 나을 것 같다고 생각하기 때문이다.

인간관계가 삐걱거렸을 때 항상 문제의 원인으로 떠오른 건 내 방식이었다. 보통 무언가를 결정할 때 늘 사람을 보고 결정하고는 했다. 이게 나한테 어떤 이득을 가져다줄지, 어떤 결과를 가져다줄지 계산하고 의심하기보다는 그 사람과 만나서 이야기할 때 그 사람이 풍기는 분위기나 진심 같은 게 더 중요했다. 상황은 바뀔 수 있더라도 사람은 잘 안 변하니까. 좋은 사람과 함께

하면 어떤 일이든 헤쳐나갈 수가 있을 거라 생각했다. 문제는 너무 빨리 사람을 믿어버렸다는 것이다. 그렇게 데이고 또 데였으면서도 의심하기는커녕 나만 알 수 있는 이상한 포인트들로 그 사람 마음이 진심이라고 생각하고는 덥석 관계를 이어갔다. 그런 관계가 어긋나기 시작하면 다시 또 후회에 빠졌다. 그때 그러지 않았더라면, 그때 이랬었다면…

어느 날 이런 스트레스가 너무 심해서 인간관계에 대해서 자료를 찾아보다가 알게 된 사실이 있다. 사람들이 심리상담을 받으러 가는 이유 중에 많은 부분을 차지하는 게 인간관계란다. 심지어 사람에게 행복 불행과 같은 감정을 불러일으키는 원인 중 인간관계가 차지하는 비율이 85%나 된단다. 우린 너무 많은 사람 때문에 울고 웃고 있는 것이다. 중요한 건 시간이 지날수록 요령이 생기는 게 있고 그렇지 않은 게 있는데, 사람 사이는 요령이 잘 생기지 않는다는 것이다. 아무리 반복하고 또 반복해도 어렵다. 사람에 지치고 관계에 상처받고 혹은 내가 상처 주고 있다고 느껴질 때면 차라리 혼자 살고 싶다는 생각이 들 때가 많다. 근데 또 그럴 수는 없는 노릇. 사람은 관계를 맺으며 살아가는 동물이니까.

그런 것들에 진절머리 날 때면 이젠 그렇게 생각하기로 했다. 누군가가 나를 불행하게 만든다면 반대로 어떤 사람 덕분에 85%나 행복해질 수 있다고. 꽤 근사하다는 생각이 든다. 아무리 나를 괴롭히는 사람들이 있더라도 결국 나를 85%나 행복하게 해주는 사람은 존재할테니까. 사람에게 받은 상처는 결국 사람이 치유해준다.

두려움

일단 시작하면
별일 아닌 경우가 태반인데
시작 전부터 극도로
두려워하는 사람들이 있어.
내가 잘할 수 있을까.
실패하면 어떡하지.
하지 않아도 될 걱정을 다 끌어안고
이러지도 저러지도 못하는 사람들.

그런 사람들에게 필요한 건
뒤에서 등을 떠밀어주는 게 아니라
왜 뛰지 못하냐고 구박하는 게 아니라
꼭 껴안고 함께 뛰어주는 일이야.

무슨 일 있으면 나한테 이야기해.
좋은 일이든 나쁜 일이든.

너에게 그 말을 했던 건
너와 함께 뛰고 싶다는 뜻이었어.

3장

———

난, 지금 행복해.

아프지 않은 사랑

*

 전에 만나던 사람이 바람을 피운 적이 있었다. 그 사실을 알게 됐을 때 제일 먼저 든 생각은 비참함이었다. 내가 도대체 무엇을 잘못했을까. 내가 그렇게 못났나. 사랑이 실패로 돌아갔을 때도 앞에서 말한 것처럼 자기 검열을 하기 시작한다. 한참 나를 탓하며 원인을 찾다가 결국 그녀를 용서하기로 마음먹었다. 속없는 놈처럼 보일 수 있겠으나 사랑 앞에서 다짐은 제대로 지켜진 적이 없지 않은가. 울고불고 며칠을 붙잡는 바람에 결국 용서를 택했다. 그녀를 용서하겠다고 마음을 굳힌 뒤로는 친구들에게 조언을 구하기 시작했다.

"그때 그런 일 있었잖아. 어떻게 용서하고 이해했어?"

분명 그 녀석들도 연인과 크게 다툰 적이 있었는데 지금은 잘 만나고 있는 것처럼 보였다. 만약 나였다면 이해할 수 없는 일들을 이해하면서 지내는 모습을 보면서 조언을 구하고 싶었던 것이다. 어떡하면 용서할 수 있을까 싶어서. 한때 어떤 일을 겪고도 다시 잘 만나고 있는 친구들을 보면서 그런 생각을 했다. 아, 연인들은 다 가슴에 묻어둘 만한 일을 하나씩 품고 지내는구나. 나만 이러는 게 아니라 많은 연인들이 그러는구나. 그렇다면 나도 그리 억울한 일을 겪은 게 아니지 않을까. 그녀가 바람을 피웠다는 사실을 깊숙한 곳에 묻어둬도 되지 않을까. 그런 생각으로 그녀를 용서했다. 결론부터 말하자면 결국 비슷한 일로 영원히 헤어졌다. 이젠 어디서 뭐 하고 사는지도 모르고 관심조차 없다. 그다음 사람을 만났을 때도 회사 직원들과의 관계 문제로 헤어졌고 그리고 그다음에도 비슷한 일로 이별했다. 점점 이런 날이 쌓이다 보니 사랑은 이렇게 묻어두고 살아야 하는 일이 무조건 동반된다고 생각했었다. 하지만 그 생각이 깨진 건 그때 질문을 했던 한 친구 때문이었다.

친구 한 명도 연인을 용서해준 적이 있었다. 자기 연인의 전 남자친구가 같은 건물에서 일을 하고 있었는데 회사 워크샵을 펜션으로 가던 날 전 남자친구가 그곳에 왔다는 것이다. 이야기를 가만히 듣다가 내 얼굴이 다 빨개져서는 화를 냈다. 그걸 용서했다고? 도대체 어떻게? 오래된 이야기라 어떤 대답을 했는지 자세히 기억나진 않지만 대충 그런 내용이었다. 좋아하니까 어쩔 수 없다는. 그리고 그 친구도 머지않아 이별을 맞이했다. 모두가 가슴 아픈 사연을 묻고 연애를 이어간다는 생각을 깨준 건 그다음에 만난 사람 때문이었다.

한참 시간이 흐르고 크리스마스에 친구들이랑 소소하게 저녁을 먹은 적이 있었다. 고기도 먹고 가볍게 한잔도 하고 케이크도 불고 그랬는데 거기서 친구 여자친구의 친구와 내 친구가 사랑에 빠진 것이다. 그렇게 둘은 조심스럽게 연애를 시작했다. 근데 만나도 너무 잘 만나는 게 아닌가. 주변에서 잘 만나는 커플을 여럿 보긴 했지만 그 둘은 정말 다르다고 느낄 정도로 잘 사랑하고 있었다. 표현을 잘 못하던 여자친구는 표현을 잘하기 시작하고 매일 술 먹고 노는 걸 좋아하던 내 친구는 적금을 세 개나 들기 시작했다. 심각하게 다투는 걸 본 적이 없었다. 순조롭게 연애를 이어가던 둘은 이제 신혼집을 구하고 결혼 준비를 하고 있다. 친구와 둘이 술 한잔하던 어느 날에 이야기를 한 적이 있다.

"있잖아. 나는 연인 사이면 다 그렇게 서로 묻어두고 살아야 할 만큼 큰 상처를 한 번씩은 준다고 생각했었어. 근데 너 보면서 그러지 않은 연인도 있다는 걸 깨달았다."

연인이 어떻게 안 다투고 살겠는가. 서로 다르게 살아온 시간이 함께한 시간보다 훨씬 더 긴데. 살아온 환경도 다르고 생각하는 방식도 다르니 부딪히고 맞춰가야 할 일투성이일 테지만 서로에게 씻을 수 없는 상처를 안겨주는 건 별개라는 생각이 든다. 물론 그런 걸 품고 이어가는 것도 사랑이겠지만, 무조건 서로를 한 번씩 크게 아프게 하지 않는 관계도 있다는 걸 조금씩 알아가고 있다. 다음에 찾아오는 사랑은 아프지 않은 사랑이었으면 좋겠다.

이별 2

돌아보면 힌트가 가득했는데
그땐 하나도 알지 못했다.
아무리 반복해도
이별은 이별인 줄 모른다.

기억

시간이 흐를수록 서운한 것은 사라지고

고맙고 미안한 것밖에 남지 않는 이상한 것.

암호

*

    글쓰기 수업을 할 때, 자세히 관찰하면 가끔 특이한 점을 하나 찾아낼 수 있다. 자신이 쓴 글을 처음 보여주러 올 때와 어느 정도 시간이 지나고 났을 때 걸음걸이가 다르다는 것이다. 한결 여유가 묻어난다고 해야 할까. 누군가에게 자기가 쓴 글을 보여주는 게 조금씩 익숙해질수록 걸음걸이가 달라지는 게 확연히 보였다. 글쓰기 수업을 하면서 여러 사람을 만났는데 그때마다 대한민국에 글 잘 쓰는 사람 진짜 많다는 생각을 했다. 이런 이야기를 하면 질문을 받을 때가 있다. 그럼 그렇게 글 잘 쓰는 사람과 작가가 될 수 있는 사람의 차이점이 있냐고. 여러 가지가 있겠지만, 내가 생각한 가장 큰 차이점은 자신의 이야기를 얼마만큼 솔직하게 써서 얼마나 많은 사람에게 서슴없이 보여줄 수 있는가로 갈리는 것 같다. 글 잘 쓰는 사람은 많아도, 자신의 내면 깊은 곳의 이야기를 누군가에게 보여줄 때 부끄러워하지 않는 사람은 많지 않으니까.

내 감정을 누군가에게 솔직하게 말한다는 것. 그 누군가가 직장 상사든, 타인이든, 연인이든, 친구든, 가족이든, 선생님이든, 지인이든 늘 어려운 일이다. 글쓰기를 시작한 것도 그런 이유에서였다. 말로 하기엔 도저히 어려운 이야기도 글로 쓰면 좀 괜찮아졌으니까. 나를 표현할 수 있는 수단은 점점 늘어나고 있는 반면에 내 감정을 진짜 솔직하게 말하는 건 점점 어려워지고 있는 것 같다.

이렇게 감정 표현하는 게 어려워질수록 문제가 생길 때가 있다. 좋은 일이 일어났을 때가 아니라 나에게 힘든 일이 일어났을 때다. 좋은 일이 일어났을 때 자랑하지 못하는 것보다 슬픈 일이 일어났을 때 털어놓지 못하는 게 우리를 더 힘들게 하니까. 표현을 특히 어려워하는 사람과 가깝게 지낼 때 했던 말이 있다.

*

그런 날이 있잖아. 사람들은 모두 행복해 보이는데 나만 어딘가 고장 난 것 같은 기분. 이유는 딱히 모르겠는데 공허함만 가득한 날. 누군가에게 위로받고 싶어서 연락처를 훑어보는데 막상 전화 걸만한 사람이 한 명도 없는 거지. 혹시 누군가를 만나더라도 오늘 내 기분이 왜 그런지 솔직하게 말하지 못할지도 몰라. 마음을 보여주는 일은 늘 어렵잖아. 우리, 우리만의 암호를 만들자. 비가 왔으면 좋겠다. 바다 보러 가고 싶다. 그런 말들을 정해놓는 거야. 세상에 혼자 덩그러니 던져진 기분이 들 때면 암호를 말하는 거지. 그럼 난 네가 지금 힘들다는 뜻으로 이해할게. 네가 나를 보고 싶어 하고 있다고 생각하기도 할게. 별 보러 가고 싶다거나 산에 오르고 싶다는 말도 좋을 것 같아.

*

　이렇게 우리만의 암호를 정해놓으면 표현하는 게 조금 더 쉬워진다. 사랑한다고 얼굴 보고 말하는 게 부끄러울 땐 편지를 쓰는 게 조금 더 마음 편한 것처럼. 말로 표현하는 게 어려울 때는 우리만의 암호를 정해놓고 누군가가 나를 구원해줬으면 좋겠다는 생각이 들 때 암호를 말하는 것이다. 가끔은 직접 말하지 않고 조금만 티 내도 내 마음을 알아줬으면 하는 날이 누구에게나 있는 법이니까.

질문

*

가끔 그런 생각을 해요. 우리가 누군가에 대해서 잘 안다고 말할 때가 있는데 정말 나는 그 사람을 잘 알고 있는 걸까요? 오랫동안 가깝게 지내고 있는 동생이 하나 있어요. 술도 자주 마셨고 작업도 함께하고 진지한 이야기도 여러 번 나눈 상태라 저는 그 동생을 잘 안다고 생각했어요. 요즘은 같이 일하느라 매일 연락을 하는데요. 글쎄 제가 알던 모습은 온데간데없는 거 있죠. 더 정확히 말하자면 그런 모습도 있긴 한데 새로운 모습이 훨씬 많았어요. 어디 가서 그 친구에 대해 누가 물어본다면 좀 알지, 라고 말할 수 있는 사이라고 생각했거든요.

누군가를 안다는 건 과연 가능한 일인지.

더구나 잘 안다고 말한다는 건 더 가능한 일인지.

이 문제는 어떤 한 관계에만 해당하는 이야기가 아니더라고요. 연인으로 가정을 한다면 낯선 두 사람이 서로 마음을 맞춰가는 단계에서는 서로에게 많은 질문을 하잖아요. 좋아하는 건 뭔지. 싫어하는 건 뭔지. 그동안 어떤 시간을 보냈는지. 카페에 있으면 어떻게든 질문을 하려고 이런저런 생각을 다 하는데 그렇게 간절하게 서로를 알고 싶어 하던 사람들이 연인이 되고 나면 조금씩 질문이 줄어드는 경우를 많이 볼 수 있어요. 그 동생에게도 그랬던 것 같네요. 처음에 별로 안 친했을 땐 이것저것 많이 물어봤거든요. 그 뒤로는 그냥 좋은 사람이니까, 좋은 관계라고 생각했으니 질문이 조금씩 줄어들었어요. 가족, 친구, 동료, 내 사람이라는 영역으로 누군가가 들어올수록 더 알아가려 하지 않더라고요. 어쩌면 부모님은 태어날 때부터 우리의 영역 안에 계신 분이었으니까, 그래서 그렇게 질문을 안 하게 되는 건가 싶기도 하고요.

때로는 사랑이라는 이름 아래 너무 가까운 타인처럼 지내는 우리들. 함께 하는 사람의 많은 것을 알고 있다고 생각할지 모르나 막상 떠올려보면 그 사람이 뭘 좋아했는지 쉽게 떠오르지 않죠. 그 사람에 대해서 알고 있는 것을 적어보라며 종이를 하나 받는다면 생각보다 쓸 이야기도 많이 없을 거예요. 사랑한다면 많은 것을 물어봐야 합니다. 가까워진 사이가 더욱 가까워지는 건 그 방법밖에 없으니까요. 사랑한다고 계속 느끼게 해주는 것도 질문뿐이니까요.

사람 좋아하던 너

내가 그 사람에게 화를 내던 날.
그날도 너는 나를 불러 세워서
잠깐 이야기하자고 했어.
그리고는 나를 설득시켰지.
조금만 더 함께하자고
걔도 그렇게 나쁜 애는 아니라면서.
결국 그 친구한테 너도 이용당했으면서
너는 그 사람을 감쌌어.

기억나? 반지하에서

같이 책에 사인했던 날.

선풍기 하나 없어서

옷을 벗어야만 하던 그 여름날 말이야.

기억나? 내가 전시회 열 때

종일 나를 도와주고는

포장마차에서 안주 세 개 사줬다고

신이 났던 날?

사람을 좋아하던 너.

정말 사람을 좋아했어.

우리 아버지 장례식 때는

가시는 길 외롭지 말라고

나를 아는 사람을 다 데려왔었지.

성인이 된 지 얼마 안 된 아이들이라

제대로 된 양복이 없다며

그 친구들 양복까지 한 벌씩 다 맞춰주고는

몇 시간이고 앉아있었어.

넌 정말 사람을 좋아하는 아이였어.

네가 잘됐다는 소식을 들었을 때
잘 됐다, 진짜 잘 됐다는 말을
얼마나 뱉었는지 몰라.

사람을 좋아하는 사람은
사람에게 상처받고 사람 때문에 아픈데
네가 다정하게 대했던 것처럼
좋은 사람들을 만나 일이 잘 풀렸던 거였으니까.
그거 알아? 주변에 좋은 사람이 많다는 건
네가 좋은 사람이기 때문이란 걸?
네가 지금 누리고 있는 삶은
결코 우연이 아니라는 걸
나는 누구보다 잘 알아.
마음껏 낭비해.

축하해. 진심으로.

친구

나도 기억하지 못하는 내 모습을

누구보다 잘 기억하고 있는 사람

비교

＊

주변을 보면 마치 복권에 당첨된 듯이 삶이 확 달라지는 사람들이 있어요. 아는 동생이 그랬어요. 어느 날 갑자기 연락 와서는 차를 사러 갈 건데 뭐 어떻게 해야 하냐고 묻더라고요. 일이 잘 풀리기 시작하더니 차를 사고 사무실을 얻고 이사를 했어요. 불과 이게 6개월도 안 된 사이에 모두 일어난 일이라면 믿어질까요? 물론 경제적인 여유뿐만 아니라 주변 사람들이 그를 대하는 자세 역시 달라지기 시작했죠. 매일 늦게까지 술 먹고 오후가 돼서 일어나던 그와 이제는 함께 일하고 싶어서 사람들이 먼저 연락을 하니까요. 갑자기 너무 달라진 동생의 삶을 보자 주변 사람들 역시 술렁이기 시작했죠. 누군가는 그 동생을 따라서 비슷한 일을 시작하기도 했어요. 결과는 뭐 예상했던 것처럼 좋지 못했어요. 두 사람은 다른 성향의 사람이었으니까요.

그리고 저 역시 그 동생과 저를 잠깐 비교하기도 했어요. 책은 내가 훨씬 더 많이 썼는데. 그리고 내가 훨씬 더 일만 했었는데. 내가 더 빨리 사회에 뛰어들었는데 하면서요. 잠깐 그렇게 방황을 하다가 결국은 마음을 다잡았지만요. 생각해보면 저는 남들보다 항상 느렸던 것 같아요. 동료들은 그렇게 빨리 무언가를 만들어서 사람들에게 보여주고는 했는데 저는 8년이나 걸리질 않나. 친구들은 적금 들고 돈도 잘 모으던데 저는 이것저것 하느라 늘 통장이 비어 있었죠. 남들은 다 이해하던 내용이 그렇게 이해가 안 돼서 몇 번이고 물어보고는 했어요. 아무리 신념과 확신이 있어도 타인과 나를 비교하게 되는 상황은 종종 생기더라고요. 주변 사람들은 다 앞으로 나아가고 있는 것 같은데 나는 제자리처럼 느껴지니까요. 어떨 때는 오히려 나만 뒤로 걷고 있는 것처럼 느껴질 때도 있어요.

그렇게 남들보다 내 자신이 보잘것없다고 느껴질 때 저를 잡아준 생각이 있어요. 아무리 생각해봐도 사람은 저마다 자신만의 속도를 가지고 있더라고요. 그리고 나만의 타이밍이 있다는 것도요. 그 동생 삶이 그렇게 빨리 바뀐 건 그때가 그 동생의 타이밍이었던 거고 몇 개월밖에 걸리지 않은 건 그 친구만의 속도였던 거죠. 한 사람과 가까워지는데 어떤 사람은 일주일이 필요하고 어떤 사람은 그보다 더 오랜 시간이 필요할 수도 있잖아요. 누군가는 몇 마디 질문이면 한 사람을 이해할 수 있지만 누군가는 오랫동안 대화를 나눠야 겨우 이해할 수 있는 것처럼요. 자신만의 속도는 삶의 여러 부분에 영향을 미치더라고요. 어떤 일을 하기 위해서 조금씩 나아가는 사람이 있는 반면 결정을 내리고 나면 전력 질주로 달려가는 사람도 있으니까요.

어쩌면 그 동생을 따라 했던 많은 사람이 무너졌던 건 자신만의 속도와 방향을 어겨서 그런 걸지도 모른다는 생각을 했어요. 많은 사람이 자기 자신을 타인과 비교하잖아요. 아무리 생각해도 그건 옳지 못한 것 같아요.

진정한 비교는 나 자신과 하는 게 아닐까 합니다. 작년의 나와 올해의 나, 몇 개월 전의 나와 지금의 나를 비교했을 때 조금 더 나아지면 되는 게 삶이라고요. 만약 조금이라도 나아진 게 없더라도 여전히 그때처럼 열심히 하고 있다면 그것만으로도 괜찮은 거라고요.

너무 느리게 가고 있다는 생각이 드나요?
아니요. 그냥 당신만의 속도로 가고 있는 거예요.

나만 아무것도 이루지 못했다는 생각이 드나요?
아니요. 지금은 당신의 타이밍이 아닐 뿐인 거죠.

이미 충분히 잘하고 있는 스스로를 괴롭히지 않았으면 좋겠어요.
우린 우리만의 속도로 충분히 잘 하고 있는 중이니까요.

드라마

✻

드라마를 챙겨보는 취미가 생겼다. 물론 지금 방송 중인 것을 시간 맞춰서 챙겨보는 건 아니고 이미 결말이 난 드라마를 몰아서 보는 중이다. 마지막으로 봤던 드라마가 〈내 이름은 김삼순〉이었으니 한 십오 년 만인 것 같다. 시작은 역삼동에서 혼자 살 때였다. 적적한 집 안이 싫어서 퇴근하면 항상 티브이를 틀어놨다. 그때 재방송 중이던 〈동백꽃 필 무렵〉을 우연히 보게 됐다. 처음엔 그저 아무 생각 없이 보기 시작했는데 점점 빠져들었다. 집 안에서 소리가 난다는 것도 좋았고 재미도 있었다. 겨울을 든든하게 해주던 동백꽃 필 무렵이 끝나고 얼마 지나지 않아서 김포 집으로 돌아오게 됐다. 그 뒤로는 바빠서 드라마를 챙겨보지 못했다.

다시 김포 집에서 작업실로 출퇴근을 하기 시작한 지 몇 개월이 지났을 때 아버지 몸 상태가 급격하게 안 좋아지셨다. 지금 생각해보면 그때부터 내가 더 신경을 써야 했을 정도로 상태가 안 좋아지셨는데 언제나 그랬던 것처럼 금방 괜찮아지실 거라 생각했다. 병원과 작업. 새로 나온 책을 홍보하고 또 다른 일까지 겹치면서 점점 지쳐갈 때쯤 추천받은 드라마를 보기 시작했다. 〈나의 아저씨〉라는 드라마였다. 출근해야 하는데 밤새도록 드라마를 보고 간 적이 있을 정도로 빠져 있었다. 병원에 들러 아버지와 이런저런 이야기를 나누고 집으로 돌아올 때 불안함과 더 정신 바짝 차려야 한다는 생각이 겹칠 때면 나의 아저씨 OST를 들으면서 오고는 했다. 그럼 금방 기분이 안정됐다.

요즘은 〈멜로가 체질〉이라는 드라마를 보고 있다. 추천받은 지 한참 됐는데 이제야 보고 있다. 슬프고 힘든 걸 느낄 여유도 없이 나를 몰아붙이고 있지만, 이 생활이 힘들긴 힘들었나 보다. 나도 모르게 드라마를 찾는 걸 보면. 나에게 위로를 준 드라마들은 특별한 이야기를 담고 있지 않다. 대부분 그냥 사람 사는 이야기다.

어디서 한 번쯤은 볼 법한 이야기. 아니 어쩌면 내가 겪었거나, 겪을 수도 있는 이야기들이다. 대놓고 위로를 하지도 않는다. 넌 괜찮아질 거라는 말 한마디 없이 일상적인 모습을 보여줄 뿐이다. 십오 년이나 보지 않았던 드라마를 일 년 동안 세 편이나 보면서 느낀 게 있다. 드라마를 보면서 위로를 받는 게 친구나 사랑하는 사람을 만났을 때 받는 위로와 비슷하다는 것이다.

친구나 사랑하는 사람을 만나고 돌아오면 이상하게 힘이 날 때가 있다. 분명 털어놓을 수 없는 이야기는 털어놓지도 못했고 딱히 힘들다고 말하지도 않았는데 말이다. 그럼에도 불구하고 며칠을 웃으며 지낼 수 있는 힘을 받는 것은 그런 이유 때문 아닐까. 나와 비슷한 감정과 비슷한 상황의 사람들을 만나 시간을 보내는 것만으로도 위로가 되니까. 어느 곳에서 일어나도 어색하지 않을 내용의 드라마만 보고 있어도 기분이 나아지는 것도 그 때문일 것이다. 삶이 힘들수록 나와 비슷한 상황을 보내고 있는 사람들을 더 자주 만나야 한다. 그게 드라마 속 주인공이든 친구든.

비상구

*

어디서부터 손을 대야 하지?

구급차를 타고 병원으로 아버지를 모신 뒤에 집에 들어와서 제일 먼저 한 생각이었다. 내 차로 모시기에는 상태가 너무 안 좋아서 119의 도움을 받았다. 응급실에서 몇 시간이 넘는 처치가 끝나고 병실로 올라가시는 모습을 보고 나서야 집으로 돌아올 수가 있었다. 저녁에 다시 온다는 말을 남기고 한참을 운전해서 동네로 돌아온 다음에 현관을 열고 제일 먼저 뱉은 말이었다. 남들은 일어나서 출근을 할 시간인데 이제야 집에 들어

223

오다니. 베란다 너머로부터 조금씩 스며오는 여명과 엉망이 된 집안 꼴. 방안에는 아직 마무리하지 못한 작업물들이 쌓여있었고 냉장고엔 며칠 전에 만들어둔 음식이 상하고 있었다. 빨래는 또 말해서 뭐할까. 욕실은. 게다가 좀 있으면 나도 출근을 해야 하는 시간인데.

거실에 가만히 서서 누가 나를 좀 지워줬으면 좋겠다는 생각을 했다. 칠판에 묻은 연필 지우듯 세상에서 나를 좀 지워줬으면. 아니면 눈 꼭 감았다가 뜨면 꿈에서 깨어났으면 좋겠다는 생각을 했지만 그런 일은 일어나지 않았다. 내가 해결해야 하는 정확한 현실들이었다. 꼭 그럴 때면 내 삶이 고장 난 것처럼 느껴졌다. 한 번도 고쳐본 적 없는 기계가 고장 난 것처럼 어디서부터 어떻게 해야 하는지 알 수가 없었다. 우선 출근 준비를 할까. 병원비가 얼마나 나올지 모르니 돈 벌 수 있는 글부터 쓸까. 그래도 힘을 내야 하니까 밥을 차려 먹을까. 빨래를 돌릴까. 일단 몇 시간이라도 잘까. 가끔 누나한테 연락해서 조언을 구하거나 하소연을 하기도 했지만 누나가 결혼을 한 뒤로는 그마저도 어려웠다. 물론 언제든 전화하라는 이야기를 했지만 아이가 뱃속에 있는 누나한테 새벽 다섯 시에 전화할 정도로 누나를 안 사랑하지 않았으니까. 점점 말할 곳도 없어지는 기분이 들 때면 비상구가 필요하다고 생각했다.

영화관에 가면 상영 직전에 비상구가 어디에 있는지 알려주는 것처럼

누가, 제발, 나에게도 어떻게 해나가면 된다고 알려줬으면 좋겠다고 간절히 빌었다.

대상도 없이 그냥 무작정 주저앉아서 빌었다. 그때도 신이 나에게 어떤 말이라도 해주거나 때마침 누나한테 전화가 오거나 친구가 갑자기 나한테 메시지를 보내서 무슨 일 있냐고 묻거나 해결책을 제시해주는 일 같은 건 일어나지 않았다. 울다가 화가 나서 소리를 지르고 나면 집안에는 시곗바늘이 움직이는 소리밖에 들리지 않았다. 결국 나 혼자서 해결해야 하는 일이었다.

진짜 이 악물고 정신 똑바로 차려야겠다고 생각할 수밖에 없었다. 처음에는 정말 밥을 차려 먹고 바로 출근을 했던 적이 있었다. 집이 싫어서 무작정 옷을 갈아입고 아침 일찍 나가버린 적도 있었다. 결국 저녁에 집으로 들어왔을 때 모든 게 다 그대로인 집안과 일거리들을 보면서 더 현명해져야 한다고 몇 번이고 다짐했다. 그런 생활을 몇 년 반복하다 보니까 나만의 방법이 생기긴 했다. 비단 아버지가 갑자기 병원에 입원하셔서 집안이 엉망이 될 때뿐만 아니라 내 몫으로 해야 하는 일과 그 이외의 것들이 겹쳤을 때도 괜찮은 방법이다. 만약 삶이 엉망이라고 생각된다면 지금 가장 빨리 할 수 있는 것부터 하면 된다. 아버지를 병원에 모시고 집으로 들어오면 제일 먼저 현관에 널브러진 신발을 정리했다. 그리고 난 다음에 눈앞에서 보이는 것들부터 치우기 시작했다. 지금 내가 가장 빨리 할 수 있는 것부터 하나씩 해나가다 보면 어느새 집은 말끔해져 있었고 기분도 제법 괜찮아져 있었다.

삶이 정말 엉망진창이라고 느껴질 때 우리를 괴롭히는 것 중에 큰 부분을 차지하는 게 두려움이다. 언제 이걸 다 해결하나, 하는 두려움. 어디서부터 손을 대야 할지 모르는 막막함이 우리를 더 괴롭힐 때가 많은데 지금 가장 빨리 할 수 있는 것부터 시작하면 놀랍게도 그 문제가 사라진다. 나는 긴 시간 동안 그 방법 하나로 많은 것을 견뎌냈다.

지금 내가 가장 빨리 할 수 있는 것부터 시작하는 것으로.

신호

아버지 장례식이 끝나고 누나는 조카와 매형이 있는 집으로 돌아가지 않고 우리 집에서 며칠을 지냈다. 시어머니가 조카들을 봐주고 계셨기 때문에 그래도 며칠은 집에서 지낼 수 있었다. 다 같이 산 적은 거의 없었어도 이 작은 아파트에서 십이 년을 살았으니 이곳에 있는 것만으로도 그리움이 조금은 해소되는 느낌이었다. 누나도 그런 것처럼 보였다. 며칠은 잠을 자느라 바빴다. 돌아가시기 전부터 일하면서 병원에 한창 들락날락하느라 이미 체력은 바닥이었고 장례식이 치러지는 사흘 동안은 거의 잠을 자지 않았다. 그렇게 미워하

던 아버지가 내 곁에서 사라지자마자 놀랍도록 내가 못
해준 것들만 떠올라 감정을 주체할 수가 없었다. 죄를
씻듯 향을 계속 피웠다. 잘 가라고, 조심히 가라고 옆에
앉아 사진을 가만히 바라보는 것 따위로 마음의 짐을
더느라 긴 밤이 이어지고는 했다.

아버지는 늘 세상을 떠나고 싶어 하셨다. 우리에게 그
말이 어떤 상처가 되는지는 관심 없다는 듯이 그냥 자
다가 죽었으면 좋겠다는 말을 입버릇처럼 하시곤 하셨
다. 언젠가 아버지가 술에 취해서 말씀하신 적이 있다.
근호 너에게는 너만의 삶이 있는 거고 아빠에게도 아빠
만의 삶이 있는 거라고. 결국 아버지는 당신의 바람대
로 주무시는 모습으로 세상을 떠나셨다. 스트레스를 받
으면 밥부터 먹지 않는 나를 잘 알고 있는 누나는 음식
을 포장해오거나 배달을 시키거나 요리를 해서라도 무
언가를 나에게 먹이려고 애썼다. 저녁으로 먹을 만한
것을 시키고 누나랑 함께 집을 치우고 있다가 문득 궁
금해서 누나한테 질문 하나를 했다. 아빠 지금 행복할

까? 그 질문에 대답을 해준 건 누나가 아니라 티브이였다. 언제 틀어놓았는지도 모르겠고 지금 무엇이 방송되고 있는지 신경조차 쓰지 않던 티브이에서 난 지금 행복해, 라는 대사가 나오는 게 아닌가.

그것도 내가 질문을 하자마자 마치 나랑 대화하듯 대사가 이어졌다.
아주 잠깐의 틈도 없이.

"난 지금 행복해."

누나는 거봐, 드라마에서도 행복하다고 이야기하잖아. 아빠 행복할 거야, 라는 어른스러운 말을 했다. 누나도 힘들 텐데 더 이야기하는 건 그냥 투정 밖에 안 되는 거 같아서 저녁 먹을 준비를 했다. 어느 날 친구에게 이 이야기를 했을 때 신호를 보내신 것 같다는 이야기를 들었다. 아버지가 저 멀리서 나에게 괜찮다고 말하는 안부 같은 것.

*

우리 집안 생일은 순서가 있다. 한여름은 누나, 늦여름은 아빠, 초가을은 나, 늦가을은 엄마. 이런 순서로 우리의 생일은 흘러간다. 누나 생일이 지나고 얼마 있지 않아서 아버진 가족사진을 찍으러 가자고 하셨다. 기한 내에 써야 하는 상품권이 있다면서 어릴 때 찍은 거 빼고는 가족사진 한 장 없다는 말씀을 하셨다. 그리고는 거실로 돌아가다가 다시 내 방문 앞까지 와서는 한 마디를 덧붙였다.

영정사진도 좀 찍고.

전에도 아버진 그 말을 몇 번 하셨는데 그날은 그동안 들었던 것과 느낌이 달랐다. 영정 사진도 찍자고 말씀하시기 전에 잠깐 멈추셨다. 이제야 생각하는 거지만 아버진 혼자만의 무언가를 느끼셨던 것 같다. 결국 가족사진은 찍지 못했다. 조카들을 데리고 사진관으로 가는 것도 일이고 나도 바로 일하러 가야 했기 때문에 다음에 찍자는 말로 무산됐다. 덕분에 영정사진은 살이 빠지신 모습이 아니라 누나 결혼식 때 찍은 제법 건강해 보이는 사진이었다.

49재가 끝나고 큰어머니를 모셔다드리면서 많은 이야기를 나눴다. 이제 누나와 나의 가족 중에 어른은 존재하지 않으므로 큰집의 도움을 많이 받았다. 아버진 형제들과 다 연락을 끊고 살았어도 큰아버지만큼은 예외였다. 병원에 있을 땐 종종 큰어머니에게 전화를 하고는 하셨다. 그제야 안 사실이지만 큰어머니와 아버지는 같은 동네에 살았단다. 알고 지내던 동네 누나가 형이랑 결혼을 한 셈인 거다. 큰어머니는 내가 보지 못한 아버지의 모습을 오랫동안 지켜본 사람이었으니 평소 아버지에게 묻지 못했던 것들을 큰어머니에게 마음껏 물어봤다. 아버지한테 물어봤으면 누구보다 다정하게 알려주셨을 텐데 이상하게 물어보는 게 그렇게 어려웠다. 난 기억이 나지 않지만 나를 많이 좋아하셨다던 할

아버지에 대해서도 여쭤봤다. 할아버지는 환갑이 지나자마자 돌아가셨다고 했다.

그리고 아버지 역시 환갑이 지난 지 열흘이 채 되지 않아서 세상을 떠나셨다. 할아버지와 아버지가 같은 나이, 비슷한 날짜에 세상을 떠난다는 것. 삶은 보이지 않는 끈으로 연결되어 있다는 것을 다시 한 번 느끼는 순간이었다. 한여름에 영정사진 찍으러 가자고 말하던 그날. 아버지 나름대로 무언가를 느끼고 어쩌면 생일까지만 살아야겠다고 다짐하셨을까. 누나가 제사 지낼 거냐는 말에 고개를 열 번은 끄덕였다. 힘들 텐데, 그거 안 지낸다고 우리가 아빠 사랑하지 않는 건 아니라고 말할 땐 고개를 열 번 저었다. 아버지 생일날조차도 짜증을 냈던 내가 싫어서. 제대로 미역국 한 번 끓여준 적 없이 용돈을 주면 끝날 거라고 생각하던 내가 싫어서.

*

　가장 가까운 사람이 세상을 떠난다는 건 무엇을 의미할까. 그것에는 만질 수 없고 들을 수 없고 더는 추억이 생기지 않는 것과는 비교가 될 수 없는 무엇이 있다. 순간순간 그리운 것이 아니라 항상 그립다. 어머니가 세상을 떠나셨을 때보다 아버지와의 이별이 나에겐 몇만 배 더 슬펐기 때문에 쉽게 회복되지 않았다. 아버지가 돌아가시고 나서 인터넷에서만 보던 이야기들이 더욱 피부로 와닿기 시작했다. 그리고 이해되지 않던 장면들 또한 이해되기 시작했다. 가끔 어떤 주차장에서 오랫동안 방치된 차들을 볼 때가 있었다. 뉴스에서는 공항 주차장에도 그런 차가 수두룩하다면서 주차비가 몇천만 원이 쌓일 때까지 차를 찾아가지 않는다는 기사가 연신 나오고는 했었다. 심지어 우리 아파트 주차장에도 정체를 알 수 없는 차가 몇 대 서 있었다. 얼마나 운행을 안 했는지 멀리서도 가득 쌓인 먼지가 보일 정도였는데 이제야 조금은 알 것 같았다. 어쩌면 방치된 그 많은 차

중에는 주인이 이미 세상에 없는 것도 있을지도 모른다고. 아버지 물건을 그대로 두는 내 모습을 보면서 들었던 생각이었다.

 나보다 먼저 이별을 겪었던 사람들의 말을 접할 때면 그런 이야기가 많이 보였다. 점점 얼굴이 기억나지 않는다. 점점 목소리가 흐릿해진다, 하는 말들. 난 몇 장 없는 아버지 사진과 영상들부터 누나에게 보냈다. 누나는 그런 걸 잘 보관하는 사람이니까. 바쁘다는 핑계로 많은 것을 놓치고 사는 나와는 다르니까. 그리고 할 수 있는 한 오래 기억하기 위해서 자주 돌려봤다. 같이 시장을 갔다가 커다란 가재가 신기해서 찍은 영상에 등장하는 아버지 목소리. 신부 입장할 때 누나랑 나란히 찍힌 동영상. 같이 처음 제주도 여행을 갔을 때 비행기 창문을 찍다가 살짝 나온 아버지의 얼굴과 목소리. 그 많은 사진 속에는 아버지와 제대로 찍은 사진이 한 장도 없었다. 누나가 사진을 찍어준다고 할 때면 부끄럽다는 이유로 다른 곳을 보거나 조금 떨어져 앉거나 그랬는데 도대체 뭐가 부끄러웠던 걸까. 정작 아버지한테 제대로 된 마음 한 번 표현하지 못한 나 자신이 가장 부끄러운 데 말이다.

인터넷을 돌아다니다 봤던 것 중에서 그런 글도 있었다. 만약 바늘에 찔렸다고 가정을 한다면 그냥 아파하면 된다고. 바늘이 왜 거기 있었을까. 왜 내가 바늘에 찔렸을까. 바늘과 나는 왜 만나게 된 걸까, 고민하는 순간 예술은 할 수 있을지 모르겠으나 사람이 망가지기 쉽다고. 애석하게도 태어난 기질 자체가 그래서 그런지 그런 의미를 수없이 생각했다. 아버지와 나의 만남에 대해서. 생일이 다가오면 안 좋은 일이 일어나서 싫어했었는데 왜 내 생일이 다가오자 돌아가신 건지. 아버진 나에게 마지막으로 미안하다고 말씀하셨는데 그때가 마지막이라는 걸 알고 말씀하신 건지.

어느새 겨울이다. 다시 또 봄은 올 것이고 다시 또 장마는 시작될 것이다. 하루하루 시간이 흘러갈수록 점점 더 무뎌지겠지. 몇 개월 지나지 않았는데 벌써 아버지와의 기억이 선명한데 흐리다. 선명하다는 말과 흐리다는 말. 어울리지 않는 이 두 개의 말이 자꾸 섞인다. 아버지가 세상에 없다는 사실을 가슴 깊숙한 곳에 묻어두고 또 살아가겠지. 사람은 망각의 동물이라는 사실이 새삼 고마워지는 요즘이다. 무언가를 잊지 않으면 더는 살 수 없을 만큼 괴로운 기억이 많은 존재가 인간이니까. 모든 것이 흐려지더라도 아버지의 안부가 궁금할 때면 그때의 신호를 기억해야겠다.

난, 지금 행복해.

발 딛고 사는 사람들

＊

첫 책을 낼 때 무한도전 이야기를 쓴 적이 있다. 그 프로그램만 보면 마음이 편해진다는 내용이었는데 아쉽게도 종영을 한 뒤로는 대체할 프로그램을 찾지 못했다. 심지어 무한도전이 끝나갈 때쯤엔 여러 상황이 겹치면서 예전 느낌이 나지 않아 챙겨보지 않은 지도 꽤됐다. 어차피 볼 시간도 없지만 그래도 밥 먹을 때만큼은 티브이를 틀어놓는다. 혼자 먹는 게 적적하기도 하고 밥을 빨리 먹는 습관을 좀 고쳐보고 싶은 마음도 있다. 아무래도 무언가를 보면서 먹으면 좀 천천히 먹을 테니까.

그렇게 의미 없이 채널을 돌리다 정착하게 된 방송이 하나 있다. 〈나 혼자 산다〉라는 프로그램이다. 누군 가의 하루를 관찰하는 행위가 대세로 떠오르면서 같이 인기를 얻은 예능이다. 물론 티브이 속에 나오는 연예 인들의 삶은 우리와 많이 다르지만 그럼에도 부정할 수 없이 비슷한 모습을 보면서 사람 사는 게 다 거기서 거 기라는 걸 느끼고는 했다. 늦은 시간 집에 들어와 저녁 을 차려 먹으며 티브이를 켰다. 그러다 잠시 잠들었는 데 눈을 떠보니 손담비 씨가 울고 있었다. 잠들기 직전 까지 봤던 장면은 단정한 옷을 차려입고 꽃을 사러 가 는 장면이었다. 얼마 지나지 않아 멀리 떠나신 아버지 를 뵈러 어딘가로 향했다는 것을 알 수 있었다. 그런 경 험이 없다면 이해하는 데 한참이 걸렸겠지만 이미 부모 님 두 분을 다 떠나보낸 내가 그 상황을 파악하는 데는 오래 걸리지 않았다.

그녀는 오래도록 울었다. 녹화된 방송을 보는 장면에 서도 울고 녹화된 영상 속의 그녀도 울고 옆 사람도 울 고 전부 울음바다였다. 그리고 나도 울었다. 그때 손담 비 씨가 했던 말과 행동은 정말 사랑하는 사람을 떠나

보냈을 때만 할 수 있는 행동이었으니까. 납골당에서 아버지 사진을 보며 아무리 참으려 해도 참아지지 않는 울음 사이로 내가 뱉었던 말도 거의 다르지 않았다. 그러다 갑자기 방송에서 결혼 이야기가 나왔는데 그런 말을 덧붙였다. 결혼식에서 손 잡아줄 아버지가 없다는 게 슬프다는 내용이었다. 그 말을 들은 박나래 씨가 혼자 당당하게 걸어가면 되죠. 위에서 다 지켜보고 계실 거예요, 라는 비슷한 말을 했던 걸로 기억하는데 그 모습도 슬퍼서 우느라 정확히는 기억나지 않는다. 박나래 씨도 어린 시절에 아버지께서 닿을 수 없는 곳으로 떠나셨다는 것을 방송을 통해서 본 적이 있었다.

그 말이 끝나기가 무섭게 또 한 사람이 말을 꺼냈다. 아버지가 스물여섯 살에 돌아가셨는데 아버지를 뵈러 갈 때마다 용돈을 주셨다고. 이제는 나도 당신께 용돈도 드리고 여행도 좀 보내드리고 싶은데 그럴 수가 없다고. 자꾸 받기만 한 것 같은 자기 자신이 싫을 때가 많았다고. 내가 과연 이런 말을 할 자격이 있을지는 모르겠지만 자다 깨서 퉁퉁 부은 눈으로 그들을 바라보며 자랑스럽다는 생각을 했다. 티브이에 나온다는 게, 그것도 사람들에게 많은 관심을 받을 수 있다는 게 쉬운 일이 절대 아닐 텐데 그렇게 힘든 일을 겪으면서도 자신의 일에는 최선을 다한 것 같아서. 자신과 비슷한 사람이 보이면 서슴없이 위로해주는 모습을 보면서 잘 이겨내고 있다는 생각에 자랑스럽다는 생각을 했다.

지금 이 글을 쓰고 있는 시간은 새벽 4시 47분이다. 그리고 글을 쓰는 장소는 911동 407호. 내가 아버지와 12년 동안 살 부딪히며 살았던 곳이다. 물론 잠시 떨어져 지냈던 적도 있고 나 혼자 산 적도 있지만 이곳에서 대부분의 시간을 함께 보냈다. 방문을 열어 놓고 글을 쓰고 있는데 이 시간쯤이면 자다 깨신 아버지가 물을 마시러 나올 시간이다. 지금은 내가 내는 소리 말고 어떤 소리도 들리지 않는다. 사실 아버지가 세상을 떠나시고 나서 나도 그 길을 따라가려고 했었다. 상을 치르고 나서 힘들다는 이야기를 친구들에게도 누나에게도 단 한 번도 꺼내본 적이 없었다. 도무지 내가 겪는 이 슬픔을 설명할 방법이 없기도 했고 위로를 받고 싶지도 않았다. 그냥 빨리 아버지를 따라가서 지켜주고 싶은 마음뿐이었다. 아무리 짜증을 내던 막내아들이었어도 결국 아버지가 나한테 의지했던 시간들을 알고 있기 때문에, 이미 몸과 마음이 망가질 대로 망가진 아버지가 기댈 수 있는 게 나였음을 나도 알고 있었기 때문에, 최대한 빨리 따라가서 아버지를 지켜주고 싶었다.

삼일장이 끝나고 정확히 이십 일 동안 단 하루도 빼놓지 않고 술을 마셨다. 누구를 만나지도 않았으며 그냥 미친 사람처럼 살았다. 유서 한 장 써놓은 걸 조수석 위에 올려놓고 다녔다. 뭐가 자꾸 미련이 남는 건지 이러지도 저러지도 못하는 내 모습을 보면서 나에게 말했다. 빨리 선택해. 살 건지 아니면 아버지를 따라갈 건지. 어쩌면 삶의 마지막이었을지도 모를 그 순간에 떠오른 건 놀랍게도 글쓰기였다. 이제 그만 작업하고 싶다고 그렇게 노래를 부르던 글쓰기가 다시 한 번 나를 또 살린 것이다. 써보고 싶은 책이 몇 개 있었는데 그게 미련으로 남아서 쉽게 떠나지 못하겠는 거다. 그래서 이 책을 썼다. 나와 비슷한 사람들한테 오랫동안 잊고 있었던 자랑이라는 것을 말해주기 위해서.

나는 지금 내가 자랑스럽다. 아버지 물건을 하나도 건드리지 않은 이 집에서. 그래도 그 전에 빨래를 갤 때는 아버지 속옷이 있었는데 이젠 내 옷밖에 나오지 않는 건조대 옆에서. 아버지가 피우시던 담배조차 그대로 둔 이 집 안에서 살기로 마음을 먹은 뒤로 술 한 번 제대로 먹지 않고 이겨냈다는 게. 집 안에서 고개를 돌리면 온통 아버지 투성이인 공간에서 이 악물고 또 이렇게 글을 쓰고 있다는 사실이 말이다. 삶의 시련을 건강하게 이겨낸 것 같아서 오늘은 나도 내가 자랑스럽다.

꼭 누군가를 잃고 그것을 건강하게 극복해야만 자랑이라는 말을 들을 수 있는 건 아닐 것이다. 크든 작든 살아가는 동안 무수히 많은 상처와 아픔을 겪으니까. 이 땅 위에 발 딛고 살아가는 사람들은 모든 슬픔에 저항하는 사람들이다. 모든 시련에 맞서 싸우며 앞으로 나아가는 사람들이다. 그러므로 살아있는 한, 아니 멀리 떠났더라도 한 때 치열하게 생존하려고 애썼던 사람들은 모두 다 훌륭한 존재인 것이다. 나도. 당신도. 우리도.

곁에 있어 주는 것

주변에서 친구가 진짜 힘든 시간을 보내고 있는데
어떡하면 잘 위로해줄 수 있을까요?

글쎄요, 저는 그 어떤 말보다
그 어떤 위로보다 곁에 있어 주는 게
가장 큰 위안이 되던데요.
아무 말 없어도 좋아요.
그냥 곁에 있어 주세요.
있어 줄 수 있는 만큼요.

기분 좋아지는 법

가장 빨리
그것도 확실하게
기분이 좋아지는 법은
무언가를 사는 거야.

커피든 도시락이든
작은 꽃다발이든
옷이든.

중요한 사실이 하나 있어.

나를 위해 사는 게 아니라
사랑하는 사람을 생각하면서 사는 거지.

타인을 위해 준비한 선물 들고
그 사람들을 만나러 가는 거야.
무언가를 샀다는 건
말하지 말고.

그 사람을 만나러 가는 길에
상상을 하는 거야.
선물을 받고 좋아할 모습을.

어때? 제법 괜찮을 거 같지?

크리스마스의 기적

*

지각을 했다. 대학로에서 다섯 시 연극을 예매해뒀는데 작업하느라 아침에 잠드는 바람에 약속에 늦었다. 교통 체증에 걸려서 결국 대학로에 도착한 시간은 여섯 시에 가까웠다. 머쓱해진 나를 두고 너는 괜찮다며 몇 번이고 다독여 줬다. 그렇다고 제대로 된 글이나 썼으면 모를까 작업엔 진전이 없었고 어차피 만족스러운 글을 쓰지 못할 거라면 편하게 너를 만났으면 됐는데 이것도 저것도 아닌 날이었다. 내 개인적인 기분이 그날 우리 사이에 묻지 않기 위해 애써 웃어 보이는 나를 읽기라도 한 듯이 너는 팔짱을 더 깊게 꼈다.

247

연극은 포기하고 거리를 걷기로 했다. 같이 이곳저곳 구경한 지도 오래돼서 길거리 음식도 먹고 필요한 것도 사자며 거리를 걸었다. 그러다 주차장으로 돌아오는 길에 타로카드를 봐주는 곳에 들렀다. 재미 삼아 우리 둘의 궁합을 보러 들어간 것인데 아주머니는 우리가 운세를 보러왔다고 생각하셨는지 생년월일을 물어보셨다. 의도와는 다르게 나란히 앉아 연애운에 대한 이야기를 들었다. 우리 둘은 사실 타로카드 보러 왔다고 말할 사람들은 아니었으니까. 나는 그동안 안 좋았던 연애운이 끝났고 너는 안 좋은 연애운이 조금씩 끝나는 중이라고 했다. 항상 우리가 만난 건 말도 안 되는 타이밍이라고 말하고는 했는데 대학로 작은 천막 안에서 그 사실을 한 번 더 느낀 것이다.

십일월이었다. 곧 연말이었으므로 거리는 어느 정도 겨울 느낌이 나고 있었다. 나는 화려한 거리를 등지고 아주머니의 말에 고개를 끄덕이며 그 전에 사랑이 그리 아름답지 않았다는 잡설을 늘어놓았다. 네가 들었으면 해서 의도적으로 이야기한 것은 아니었다. 정말 지난 사랑들은 그랬다. 신기하게도 모든 이별이 10월에서 11

월 사이에 이뤄졌다. 공기가 차가워지거나 추석이 다가오면 어딘가 모르게 기분이 별로였던 것도 그 이유 때문이었다. 한창 한 사람의 부재를 극복하느라 정신없을 때였으니 날씨가 조금만 차가워지면 힘들었던 감정이 다시 살아나는 기분이었다. 그때 연애를 끝마쳤으니 늘 크리스마스는 일과 함께였다. 아니면 혼자 있는 나를 신경 써주는 사람들과 함께하거나. 대부분이 그랬다.

크리스마스뿐만 아니라 나의 공휴일은 늘 그런 식이었다.

친구들끼리 용돈을 얼마나 받았냐며 경쟁 아닌 경쟁을 하던 학창 시절, 우리 집은 세 식구밖에 없었으니 용돈을 받거나 하는 일이 없었다. 더구나 친척들과 왕래가 아예 없던 우리 가족에게 명절은 유독 더 쓸쓸하게 느껴지는 날 그 이상 그 이하도 아닐 뿐이었다. 친구들의 대화에 매번 낄 수 없는 게 싫어서 추석이나 설날을 싫어했었다. 아버지는 우리를 먹여 살리느라 정신이 없었고 누나와 나는 방황하지 않으려고 애쓰느라 바빴으니까. 그런 형태는 성인이 되어서도 그다지 달라지

249

지 않았다. 대부분 일을 하거나 혼자 집에서 시간을 보내는 경우가 많았다. 많은 사람이 다음날 쉰다며 좋아할 때 음악을 하거나 운동을 하기 위해서 돈을 버는 날이 수두룩했고 그것이 다 지나갔을 땐 아버지 병원비를 위해서 일을 멈출 수가 없었다. 나에게 공휴일이란 남들처럼 내가 살 수 없음을 다시 한 번 확인 받는 날짜에 불과했던 것이다.

내가 모든 이별을 감당하던 계절에 너를 만났다. 얼마 지나지 않으면 크리스마스였으므로 우린 계획을 세웠다. 캠핑을 갈까 하다가 날씨가 너무 추울 것 같아서 괜찮은 호텔을 예약했다. 같이 마실 와인은 내가 준비하겠다고 했더니 그럼 너는 방안을 꾸밀 작은 소품들을 준비하겠다고 했다. 그날 우리는 세상에 있는 그 어느 사람들보다 낭만적이고 행복한 시간을 보냈다. 나에게 낯설고 아프게만 느껴졌던 공휴일이라는 것이 지울 수 없는 소중한 기억을 심어준 날이 된 것이다. 너를 만나고 나서부터는 늘 그랬다. 남들처럼 금요일이 기다려졌고 주말이 기다려지기 시작했다. 어딘가로 멀리 떠날 수 있는 날이었으니까. 그렇게 나도 모르는 사이에 다른 사람들처럼 휴일을 기다리고 있었다.

　공휴일이 좋아지기 시작했다는 건
　나도 평범한 사람처럼 느끼고 살아갈 수 있을 거라는
작은 희망이었다.
　그리고 그 사실을 알려준 건 너였다.

　나에겐 그게 크리스마스의 기적이었다.

시작

나를 언제부터 좋아했어?

저번에 말했었잖아.

창문을 여니까

눈이 내리고 있었다고.

정신을 차려보니 좋아하고 있었어.

자꾸 궁금해하는 것 같으니까

사랑하게 된 것도 말해줄까?

나한테 얘기한 적 있었잖아.

덤벙거리고 자주 고민한다고.

또 불안감을 느끼고 마음이 약한 걸

사람들 앞에서 숨기기 위해서

아주 오랫동안 노력해왔다고.

그 결과로 제법 잘 숨기게 됐다고.

그 이야기를 들었을 때였어.

아, 이 사람 그동안 얼마나 고생했을까.

여러 사람을 만나고 오래 살던 집으로 돌아와

방문을 열었을 때 어떤 기분이었을까.

안아주고 싶다는 생각이 들었어.

그때가 시작이었던 것 같아.

사랑하게 된 건

노력

우리 전화할 때 말이야.
난 항상 바쁜 게 습관처럼 굳어 있어서
전화가 끝나면 나도 모르게 바로 끊었나 봐.

어느 날 너무 정 없이 전화 끊는 거 아니냐며
나한테 서운하다는 말을 돌려서 말했던 거
기억나?

그 뒤로는 단 한 번도
내가 먼저 전화를 끊은 적 없는 거 알아?

대화가 끝나면 네가 끊을 때까지
가만히 듣고만 있었어.

앞으로도 서운한 게 있으면
그게 전화를 빨리 끊는 것처럼
사소해 보이는 일일지라도 다 말해줘.

노력할게.
그게 무엇이든.

사랑은

✳

언제부터였지?

　친구들끼리 모였을 때 연애에 대한 고민을 이야기하지 않게 된 게.

　옛날엔 만나면 연애 이야기하기 바빴는데 어느 순간부터 그런 일이 줄어들었다. 뭐 가끔 한두 마디 털어놓고는 하지만 확실히 예전과는 다르다. 알아서 잘 만나고 헤어지면 알아서 잘 극복하는 느낌이다. 연애에 대한 이야기를 할 일이 없던 요즘, 그 평온함을 깨는 후배가 있다. 여자친구랑 싸울 때면 전화해서 하소연하곤하는데 나마저 전화를 피하면 이야기할 곳이 없을 것같아 종종 전화를 받고 있다.

"형 나 또 싸웠어. 몰라 서운하대.
　내가 얼마나 잘해줬는데……."

　대화는 보통 이런 식이었다. 후배는 여자친구가 서운
해 하는 게 잘 이해되지 않는다는 식으로 이야기를 하
고는 했다. 그러면서 항상 덧붙이던 말이 그거였다. 내
가 얼마나 잘해줬는데……. 어느 날은 그 이야기를 듣
다가 도저히 안 될 것 같아서 물었다.

　"언제 줬는데?"

　"뭐?"

　"꽃 선물해줬다며. 그거 언제 줬냐구."

　"몰라. 얼마 안 된 것 같은데?"
　"그래? 그럼 그전에는 언제 또 꽃 선물해줬는데?"

"몰라, 그것도 기억 잘 안 나는데. 형 근데 왜 자꾸 물어보는 거야?"

이야기를 듣다가 속이 터져서 한 질문이었다. 며칠 이야기 나누고 나서야 여자친구가 왜 서운하다고 말했는지 알 것 같았다. 후배는 자기가 준 사랑을 덩어리의 개념으로 바라보고 있었다. 그러니까 내가 너한테 이렇게나 큰 꽃다발을 줬는데 어떻게 서운하다는 말을 할 수 있냐는 식인 거다. 만약 후배의 여자친구가 너 나한테 꽃 선물 한 번 해준 적 없잖아, 라고 말한다면 후배는 경기를 일으킬 것이다. 뭐? 내가 한 번도 선물해준 적이 없다고? 자신이 꽃을 선물해준 적이 있다는 사실로 문제를 바라볼 테니까. 한 번도 사주지 않았다는 말은 틀린 거라고 생각할 것이다. 여자친구가 그런 말을 했다면 그만큼 서운하다고 말을 하거나 뭔가 섭섭한 게 있는 상태일 텐데 돌아오는 대답이 그러니 계속 감정의 골이 깊어지는 것 같았다.

이런 문제는 성별에 국한되지 않는다. 남자라서 그렇고 여자라서 그런 건 없다. 정반대의 상황을 내가 겪어봤기 때문이다. 당시 만나던 사람이 후배 같은 성격이었다. 평소에 애정표현도 많이 없고 질문도 없고 일상을 공유하는 것도 잘 못하던 사람이었다. 함께하면서도 서운할 일이 많았는데 어느 날 여행에서 돌아오는 길에 향수를 선물해주는 게 아닌가. 갑자기 너무 비싼 향수를 선물해주기에 당황한 표정을 지었더니 이런 대답이 돌아왔다.

"그냥. 미안해서."

그녀가 건네준 쇼핑백을 들고 걸으며 차마 하지 못했던 말을 속으로 했다. 고마워. 고마운데 내가 원한 건 이런 게 아니야. 전화 자주하고 밥 먹었냐고 물어보고 지금 뭐하고 있는지 말해주는 거였는데……. 여행에서 돌아온 뒤로 그 향수를 볼 때면 기분이 별로여서 거의 뿌리고 나간 적이 없다. 그때 내가 만났던 사람이 후배처럼 사랑을 큰 덩어리로 생각하는 사람이었다. 물론 그 사람의 마음과 상황도 납득 가지 않는 건 아니지만 반대편의 입장에서 연애가 더 외롭게 느껴지는 것도 사실이다. 몇 개월에 한 번 비싼 호텔로 여행을 가는 게 사랑이 아니라 집 앞 공원에서라도 자주 보는 게 사랑이니까. 비싼 선물 하나 사주고 편지 한 통 없는 것보단 만날 때마다 편지를 써주는 게 더 사랑받는다고 느껴지니까. 사랑은 한 번이라는 말보다, 자주라는 말이 더 어울린다. 자주 만나고 자주 표현하고 자주 안아주고 자주 전화하고.

좋은 사람

누구나 자신이 맺고 살아가는 관계 속에서
좋은 사람과 함께하고 싶어 한다.
자신을 아프게 하고 서로에게 상처 주는 사이를
좋아하는 사람은 한 명도 없을 테니까.

괜찮은 사람인 줄 알았던 사람이 나를 배신하거나
별 기대 안 했던 관계가 애틋한 사이로
발전하는 걸 볼 때면
사람은 정말 알 수 없다는 생각이 들었다.

누군가와 함께할 때 그 사람이
내가 찾던 좋은 사람인지
알 방법이 있다.
그 사람과 함께 있을 때 내 모습이
마음에 드는가를 보는 것이다.

그 사람과 함께 있어도 여전히 나다운지
내가 그 사람에게 하는 행동들이
내 마음에 드는지를 보는 것이다.

만약 함께할 때의 내 모습도 마음에 드는데
그 사람에게 더 좋은 것을 주고 싶어지거나
그 사람을 생각하기만 해도 힘이 난다면
그건 정말 좋은 사람을 만났다는 증거다.

내가 더 좋은 사람이 되고 싶게
만들어주는 사람이니까.

한 번

출근하려고 주차장에 갔을 때
재난 영화를 보는 줄 알았다.
내 차 빼고는 차가 한 대도 없었는데
온통 무슨 가루 때문에 뿌연 것이다.
페인트칠을 다시 한다고 했다.
안내 방송 못 들었냐면서
열흘간 지상이나 아파트 단지 내에
알아서 잘 주차하라는 안내를 받았다.

그날 저녁 집으로 돌아왔을 때도 역시
무슨 재난 영화를 보는 줄 알았다.

원래 차를 세우지 않던 곳까지
온통 자동차로 가득했다.
나도 그사이 어디쯤엔가 주차를 했다.
열흘이 지나고 지하주차장은 말끔한 모습을 되찾았다.

문제는 공사 때문에 여기저기 주차를 하던 그 행태가
원래대로 돌아왔음에도 그대로 남아 있었다는 거다.
암묵적인 규율처럼 아무리 주차 자리가 없어도
절대 차를 세우지 않던 곳에 자동차들이 가득했다.

그래, 한 번이 어렵지. 어떤 이유에서든
규칙이라는 게 깨지기 시작하면
이렇게 가벼워진다는 걸 다시 깨달았다.
어떻게 해서라도 무조건 지켜야 하는 것들이 있다.
딱 한 번 금이 가는 순간 걷잡을 수 없는 것들.

예를 들면
연인 사이에 헤어지자는 말 같은 것……．

서운함

그렇게 큰일이 아닌데
이상하게 서운할 때가 있어.
누군가 내게 이야기한다면
그럴 수도 있지 않냐고
대답할 수 있는 일인데
그 사람이 그러면
괜히 밉고 서운하고 그런 거.
자주 어떤 사람에게 섭섭함을 느낀다면
그 사람은 내게 소중한 사람이라는
뜻일지도 몰라.

사랑해서 밉고

사랑해서 서운하고

사랑해서 사랑하니까.

사랑하지 않으면

밉거나 서운하지도 않거든.

오래가는 연인들의 공통점

*

두 커플이 있다. A와 B. A는 헤어지자는 말을 서로 밥 먹듯이 하지만 B라는 커플은 그런 적이 없다. 그렇다고 해서 A라는 커플이 연애 존속에 심각하게 악영향을 끼칠만한 행동을 하는 건 아니다. 바람을 피운다든가 하는 그런 것들. 두 커플의 서로 다른 모습을 바라보면서 고민에 빠진 적이 있다. 오래가는 연인들의 공통점은 무엇일까. 내가 오래 연애했던 경험도 떠올려보고 그러지 못했던 것도 떠올려봤다. 그러다가 하나 찾은 사실이 있다. 오래 연애를 했을 때보단 연애가 짧게 끝났을 때를 떠올렸을 때 알 수 있었다. 다툼을 해결하는 방식이다.

아무리 사랑하는 사이라도 다투거나 서운하다고 말하는 순간은 분명 생긴다. 함께하는 동안 무수히 많은 일이 일어나는데 그 사이에서 어떻게 한 번도 의견이 다르지 않은 경우가 없겠는가. 관계가 잘 유지되기 위해서는 올바르게 대화하는 것이 중요한데 올바르게 대화한다는 건 공감에 초점을 맞추는 게 아닐까. 다투거나 한쪽에서 서운하다며 자신의 생각을 이야기할 때 왜 그렇게 생각해? 나는 그게 아닌데, 라고 말하는 게 아닌 것. 그러고 보니 자주 다투는 A 커플의 한 명이 전화를 받을 때마다 목소리 높여 말했던 건 그런 말이었다.

"아니, 그게 아니라."

무조건 아니라고, 왜 그렇게 생각하냐고 말하기 전에 어떤 것 때문에 그렇게 느꼈냐고 물어보는 게 더 올바르게 화해하는 방법이 아닐까 한다. 나도 한때 연인에게 무언가를 털어놓았을 때 왜 그렇게 생각하냐는 말을 들은 적이 있었는데 그날 이후로 조금씩 서운한 걸 말하는 날이 줄어들었다. 그렇다고 해서 서운한 일이 안 생기는 건 아니었는데 어차피 말해도 들어주지 않는다는 생각이 쌓이니 속으로 삭이게 됐다. 그러다가 그 사람을 놓아버렸던 기억이 있다. 한쪽이 무언가를 말할 때 잘 들어주는 것만큼 중요한 건 없다. 그렇게 느꼈으면 서운할 만 했네. 나는 그런 뜻이 아니라 이런 상황이었어. 그 뒤에 미안해, 라고 말해주는 것.

미안하다고 말하거나 해결책을 제시하는 것도 좋지만 먼저 상대방이 느꼈을 감정을 공감해주고 그다음에 사과를 하거나 방법을 찾는 게 덜 상처받고 더 빠르게 차이를 좁히는 방법이다. 내 기준에서 생각하면 상대방의 말이나 반응이 터무니없는 걸지도 모르겠으나 원래 공감이라는 건 내 입장에서 생각하는 게 아니지 않은가. 진정한 공감이란 상대방의 입장에서 상황을 바라보는 것이니까. 그러고보니 B라는 커플과 함께 술자리를 가졌다가 티격태격하는 모습을 목격한 적이 있었는데 서로 서운한 티를 다 내고 있으면서도 서로가 이야기할 땐 고개를 끄덕였다. 그리고 내 연애를 되돌아봤을 때 금방 화해했던 경우 역시 비슷한 상황이었다. 왜 그렇게 생각하냐는 말보다는 먼저 들어주는 경우가 많았다. 상대방이 느낀 감정보다 내 상황에 먼저 초점을 맞추지 않을 것. 먼저 공감하고 이해하고 그 뒤에 사과하는 것.
순서만 바꿔도 대부분의 문제는 금방 대화로 해소될 뿐
만 아니라 그 관계가 더 오래가는 것 같다.

딱 한 번

고마웠던 시절을 하나 고르라면 여지없이 무명시절을 고를 것이다. 물론 지금 유명인사가 됐다는 뜻은 아니다. 내가 여기서 말하는 무명이란 나 아닌 타인에게 내가 만든 결과물을 손에 안기는 행위를 말한다. 어릴 때부터 무언가 만들어내는 걸 좋아했는데 그 시간을 빼더라도 창작자가 되겠다고 마음을 먹고 첫 결과물을 만들어 대중에게 선보이기까지 8년이라는 시간이 걸렸다. 누군가는 짧은 시간이라고 생각할지 모르겠으나 그동안 겪었던 일과 노력을 생각한다면 그리 짧다는 생각은 들지 않는다. 그래도 다행인 것은 그 시간이 나에게 지옥 같고 괴로운 것이 아니라 고마운 시간이었다는 것이다.

처음 창작자가 되겠다고 마음을 먹었던 건 돈을 벌고 싶어서도 아니었고 타인의 사랑을 받고 싶어서도 아니었다. 열일곱에 어머니가 세상을 떠나고 나서 하지 못했던 말이 자꾸 안으로 파고들어서 시작했다. 내가 만든 노래를 많은 사람이 따라 불러주면 멀리 닿을 것만 같아서 시작한 것이다. 건강상의 문제도 있었고 군대 문제도 있었고 아버지가 아프기도 했으니 이런저런 이유로 데뷔가 자꾸 미뤄지는 바람에 반강제적으로 시간이 많이 생겼다. 그 시간 동안 내가 한 건 누군가를 탓하고 원망하는 것이 아니라 공부를 하는 거였다. 좋아하는 예술가들의 어린 시절까지 찾아보거나 내가 멋있다고 생각하는 사람들의 인터뷰를 보면서 어떤 마음가짐을 가져야 하는지를 알아가고는 했다. 그렇게 좋아했던 음악을 그만두고 다른 사람들처럼 일을 하던 어느 날이었는데 SNS에서 글 하나를 보게 됐다. 카피라이터를 뽑는다는 내용이었다. 카피라이터? 무언가에 홀린 듯이 글을 읽기 시작했다. 별다른 정보도 없이 덜컥 지원했다. 어떤 회사인지 자세히 몰랐지만 모집 공고를 보자마자 그냥 이거다 싶은 기분이 들었다.

지원 요건에는 당시 그쪽에서 만들던 것과 비슷한 카드뉴스 콘텐츠를 만들어서 보내는 항목이 있었다. 그 회사가 만든 몇 개의 콘텐츠를 보고는 비슷하게 만들어서 이력서를 보냈다. 며칠이 지났는데 1차에 합격했다는 문자가 오는 게 아닌가. 응? 합격? 얼떨떨한 마음으로 면접을 보러 동국대학교로 향했다. 그때 그 회사는 동국대학교 창업지원팀에서 지원을 받고 있었기 때문에 그곳에서 무언가를 할 때가 많았다. 사람이 꽤 많았다. 태어나서 처음 이름표를 달고 면접을 보러 들어갔다. 면접관이라고 부르기에는 나랑 비슷한 나이 또래의 사람 네 명이 앉아있었다. 스타트업답게 특이한 질문이 많았다. 하나씩 대답을 하는데 갑자기 모두가 나에게 집중하는 것이 아닌가. 말실수를 했나 싶었지만 특별히 실수한 것은 없었다. 면접이 끝나고 또 며칠이 지났는데 이번엔 합격을 했다는 문자가 날아왔다. 응? 최종합격?

평일에 조금 일찍 퇴근해서 동국대학교로 향했다. 그 땐 차가 없을 때라 버스를 타고 다녔는데 왕복으로 네 시간 가까이 걸렸다. 음악 배울 때 왕복 여섯 시간 거리를 매주 왔다 갔다 했는데 비슷한 행동을 또 하고 있

는 것이다. 내 팔자는 무슨 팔자일까 싶은 생각을 하다
가 그래, 경기도민의 비애라는 위로를 하며 왔다 갔다
했었다. 하는 일은 별다른 게 없었다. 콘텐츠를 어떻게
만드는 게 좋은 건지 약간의 교육이 있고 글을 써서 서
로 피드백을 주고받고 그 피드백을 바탕으로 콘텐츠를
만드는 거였다. 그곳에서 쓰는 글은 사람들을 응원하고
힘을 실어주는 것들이 많았다. 콘텐츠를 만들면 내부에
서 회의를 거쳐 괜찮게 만들어진 것들만 SNS채널에 올
라갈 수 있었다. 내가 처음 쓴 글에 대해 서로 피드백을
주는 시간이었다. 다 같이 글을 읽고 피드백을 줘야 하
는데 아무도 아무런 말을 하지 않는 것이다. 뭐가 잘못
됐나 싶어서 멀뚱멀뚱 보고 있었는데 회사 대표가 한마
디 했다.

고칠 곳이 없네요. 너무 좋아요.

사람들이 박수를 쳤다. 응? 박수? 나는 이게 무슨 일
인가 싶어서 머리만 긁다가 집에 돌아왔다. 그리고 다
음 날 이미지를 입혀서 회사 쪽에 전달했고 그 콘텐츠
는 며칠 후에 회사 채널에 업로드됐다. 잘 됐다는 말을

짧게 뱉고는 일상생활을 하고 있었는데 면접을 봤던 네 명 중에서 나랑 나이가 같았던 사람에게 메시지가 다섯 개 정도 연속으로 오는 게 아닌가. 내가 쓴 글이 엄청난 반응을 일으켰다면서 도달 수가 백만인가 이백만인가, 공유랑 댓글 수도 엄청나다는 내용이었다. 실제로 들어가서 확인해보니 사람들의 반응이 대단했다. 마침 그때 메시지가 하나 더 왔다.

근호 네가 이뤄낸 거야.

아. 내가 무언가를 이뤄냈구나. 음악도 무엇도 아닌 하나의 글로 사람들에게 닿았구나. 나도 할 수 있다는 기분을 그때 처음 느꼈던 것 같다. 음악 할 때 기껏 칭찬을 들었던 건 딱 두 번이었다. 한 번은 근호 너는 그래도 글은 괜찮다는 말이었고 또 한 번은 녹음해서 갔는데 음질이 너무 안 좋으니까 잘하는 것처럼 들린다고 말할 때였다. 그런 내가 무언가를 만들어서 사람들에게 감동을 줬다니. 그 성취감을 어떻게 표현할 수 있겠는가. 지금까지 내가 계속 말했던 회사는 아는 사람은 들어봤을 수도 있는 '열정에 기름 붓기'라는 곳이다. 대한

민국에서 SNS라는 곳에 사람들을 위로하고 동기부여를 해주는 콘텐츠를 만든 거의 최초의 회사였다. 그것도 가볍게 만드는 게 아니라 수준 높은 콘텐츠를 만들기로 유명했었다. 그곳에서 카피라이터라는 이름으로 글을 쓰는 동안 나도 할 수 있다는 자신감을 얻었다. 그 자신감은 거기서 그치는 게 아니라 다음번에 내가 무언가를 할 때 나를 믿어주는 힘이 되어 주었다. 길거리에 글을 붙일 때도 그랬고 책을 낼 때도 그랬다.

카피라이터라는 낯선 역할이 나에게 부여됐을 때 빠르게 적응할 수 있었던 건 무명 생활 덕분이었다. 그때 공부했던 것 때문에 조금 더 좋은 글을 쓸 수 있었고 면접에서도 편안하게 이야기할 수 있었으니까. 자신감이 없어서 걱정된다는 사람들에게 가끔 이 이야기를 하고는 한다. 딱 한 번만 나도 할 수 있다는 성취감을 느끼면 삶이 달라진다. 그리고 그 딱 한 번이라는 것은 언제 어디서 어떻게 찾아올지 아무도 모르며 꼭 엄청 위대한 일을 해내야 하는 건 아니다. 아, 나도 할 수 있구나. 그냥 그 사실을 잔잔하게만 느낄 수 있으면 되는 것이다.

나를 사랑하는 연습

*

집으로 돌아오는 길에 알 수 없는 공허함이 느껴질 때가 있어. 보통 두 가지 이유 중 하나일 확률이 높지. 오늘 하루 동안 일을 너무 많이 했거나 다른 것에 신경 쓰느라 나를 위한 시간이 없었을 때. 그리고 또 하나는 오랫동안 내가 나를 돌보지 않았을 때야. 첫 번째 이유라면 생각보다 간단해. 집으로 돌아가서 맛있는 음식을 먹거나 갑자기 방향을 틀어서 친구랑 술을 한잔한다든가 드라마를 두세 편 보는 것만으로도 기분이 나아질 수 있으니까. 하루라는 시간 속에서 다른 것들을 하느라 사용하지 못했던 시간을 나한테 사용하면 금방 괜찮아져. 문제는 두 번째야. 오랫동안 내가 나를 돌보지 않다가 그게 어느 날 갑자기 터져버리면 생각보다 감당하기가 힘들더라. 조금씩 금가던 댐이 순식간에 터지는 것과 비슷하달까. 애초에 금이 가는 게 눈에 보이면 신경을 썼을 텐데 마음이라는 건 또 그렇지 않기 때문에 미리 눈치채기도 쉽지 않아. 누가 처음 말했는지도 모르는 말이지만 오랫동안 유행하는 말이 있었어.

'익숙함에 속아 소중함을 잊지 말자'

그 말이 그렇게 많은 사람에게 닿을 수 있었던 것은 누구나 다 한 번쯤은 느껴봤을 감정이라서 그러지 않았나 싶어. 어떤 것과 익숙하게 지내다 보내면 정말 소중함이 조금씩 사라지잖아. 그게 물건이든 사람이든. 그리고 우리가 가장 익숙하다는 이유로 소중하다고 생각하지 않게 되는 게 있지. 바로 나 자신. 내가 가장 가깝게 지내는 건 나 자신이니까.

나를 사랑하는 것도 연습이 필요한 거 알아? 노래를 못 부르던 사람이 어느 날 갑자기 감동을 주는 노래를

278

부를 수 없는 것처럼 이것도 연습이 필요한데, 해답은 '사랑'이라는 말의 뜻에 있다고 생각한 적이 있었어. 사랑은 어떤 존재를 아끼고 귀중히 여기는 마음을 말하잖아. 나를 사랑한다는 것은 내가 나를 아끼고 귀하게 여기는 것을 뜻해. 사소한 일로 내가 나를 나무라지 않는 것. 이미 지나간 일로 계속해서 자기 자신을 괴롭히지 않을 것. 타인을 위해 선물을 사는 것처럼 나를 위해 저녁을 차리고 나를 위한 옷을 고르는 것. 무엇이라도 나를 기쁘게 해주는 것을 지속하는 것. 타인에게 일어난 일이라면 그럴 수 있다는 말로 충분히 넘어갈 일도 자기 자신 앞에서는 한없이 엄격해지는 게 사람이니까.

나를 위한 시간이 없었던 것과 내가 나를 돌보지 않은 것의 차이점이 궁금하지? 뭐라도 보상받고 싶은 마음에 친구를 만나 술 한잔을 하고 들어가기로 했다면 그건 나를 위한 시간을 보내는 것이고 내가 좋아하는 음식을 먹는 건 나를 돌보는 일이야. 집 도착할 시간에 맞춰 음식을 시켰다면 그건 나를 위한 선택인 것이고 그 음식을 플라스틱 용기가 아니라 예쁜 그릇에 담아서 먹는 건 나를 귀하게 여기는 일이지. 나를 사랑하는 연습을 조금씩 하다 보면 내 곁에 있는 것에도 더 많은 애정을 줄 수 있을 거야. 모든 건 나로부터 시작하니까. 그리고 자신을 소중하게 대하다 보면 알게 돼. 생각보다 내가 나한테 시간과 돈을 제대로 써본 적 없다는 사실을.

응원

내가 듣고 싶었던 말을

누군가가 해주는 것

4장

———

당신은 누군가의 자랑이다

그때

＊

가끔 과거로 돌아갈 수 있다면 언제로 돌아가고 싶냐
는 질문을 받을 때가 있다. 지금이 좋다면서 그 어떤 시
절로도 돌아가고 싶지 않다는 말을 하고는 했다. 겪기
싫은 일을 또 겪어야 할 테니까. 이제야 겨우 이겨내고
있는데 다시 또 겪어야 한다니. 그럼에도 누군가가 집
요하게 물어본다면 어린 시절로 돌아가고 싶다는 이야
기를 했었다. 초등학교 이 학년쯤? 삼 학년이나. 생각
해보면 그때도 나름의 고민과 걱정은 있었던 것 같은데
안 좋았던 기억보다는 행복했던 기억이 훨씬 많다. 이
제는 시간을 만들어도 보기 힘든 친구들이 등교만 하면

몇 명씩 있었다. 학교가 끝나고 운동장에서 아무것도 안 하고 뛰어놀기만 해도 재밌었고 얼마 안 되는 용돈으로 떡볶이를 사 먹을 때면 세상을 다 가진 것 같았다. 학원에 다니는 친구들은 학원으로 가고 그렇지 않은 사람들은 집으로 가거나 친구 집에 모여 딱히 의미 있는 일을 하지 않아도 금방 해가 저물었다.

방학은 더 좋았다. 늦게 일어나도 된다는 여유와 종일 놀 수 있다는 설렘. 그땐 그렇게 싫었는데 개학이 얼마 남지 않았을 때 몰아서 하던 숙제마저도 나름의 스릴이 있었다. 많은 사람이 마감일이 가까워져야 무언가를 시작하는 습관은 어쩌면 초등학교 방학이 한몫했을지도 모른다. 계절이 바뀔 때마다 달라지던 학교의 모습과 추억들까지 소중하지 않은 기억이 하나도 없다. 초등학교 시절을 떠올리면 저마다 다 추억이 하나씩은 있을 테니까. 그럼 중학생 때는 안 즐거웠을까? 물론 점점 성인에 가까워지면서 고민이나 걱정이 더 커졌던 건 맞지만, 그때도 지금은 느낄 수 없는 행복이 있었다. 이런 생각을 거듭하다가 한 가지 재밌는 사실을 찾았다. 항상 그때가 좋았지, 라는 말을 달고 살았다는 것이다.

어렴풋하게 기억나는 모습으로는 중학교 때 시험 준비하다가 그래도 초등학생 때가 좋았는데, 라는 말을 했었고 고등학교에 입학하면서 수능을 준비하는 선배들을 보자 그래도 중학생 때가 좋았다는 말을 했었다. 성인이 되고 자유를 얻었을 때도 친구랑 술 한잔하면서 그래도 고등학생 때가 좋았다는 말을 하고는 했었다. 이 마법 같은 말은 지금까지도 사용하고 있다. 취업했을 땐 그래도 맘 편히 놀 수 있고 이것저것 시도해볼 수 있었던 대학생이 좋았다고 말하기도 하고 점점 건강에 이상 신호가 오는 것을 보면서 통장은 가벼워도 몸은 건강했던 이십 대가 좋았다고 말하기도 한다. 이렇게 지난 시간을 그리워하는 것은 시간이 가진 힘 때문일 것이다. 시간이 흐르고 나면 괴로웠던 것보다는 그래도 좋았던 것이 많이 기억나니까.

별로 행복한 일이 없는 요즘에 최선을 다하면서 사는 것도 그 때문이다. 훗날 시간이 지나고 그때가 좋았지라는 말을 할 때의 그때가 바로 지금이니까. 지금을 잘 보내는 게 중요한 것도 그런 이유 때문이 아닐까. 오늘은 시간이 지나면 그때가 되니까.

행복

별거 없어.

행복 별거 없네, 라는 말이

나오면 되는 거야.

철이네 식당

✲

과일을 사러 들렀던 마트에서 아빠를 만났다. 낯선 사람들 사이에서 마주친 건 오랜만이었는데 그날따라 기분이 좋아 보였다. 뭐 좋은 일 있냐고 물어보니 이런 대답이 돌아왔다.

"비밀~"

아빠가 저렇게 웃었던 적이 있었나 싶을 정도로 밝은 모습으로 시야에서 사라졌다. 사고를 자주 치는 아빠였기에 비밀이라는 말은 어딘가 찜찜했지만 평소에 별로 표정 없었던 아빠가 저렇게 웃는 모습을 보니 기분이 좋았다. 그게 어떤 일이든 아이처럼 웃는 걸 너무 오랜

만에 봤으니까. 어른이 되면서 나 역시도 웃는 날이 줄
어들었는데 아빠가 웃는 걸 보는 일은 나랑 비교할 수
없을 만큼 점점 줄어들었다. 그랬던 아빠도 저렇게 웃
을 수 있는 사람이라는 걸 마트에서 깨달아버린 게 조
금은 슬펐지만.

　며칠 뒤, 그날 아빠의 기분이 왜 그렇게 좋았는지 알
수 있었다. 가게를 계약했단다. 식당을 하고 싶다면서.
이 이야기도 누나한테 들었다. 분명 나한테 이야기하면
하지 말라고 말할 게 뻔하기 때문에 아빠는 바로 옆방
에 있는 나한테 말하는 대신 멀리 떨어져서 사는 누나
를 선택한 것이다. 그래도 누나는 일단 들어주고 보니
까. 아빠도 자식 두 명 중 한 명한테는 조언을 구하거나
계획을 이야기하고 싶었을 테니까. 난 그 사실을 누나
한테 전해 듣고는 당장 거실로 나가 아빠한테 물었다.

　"가게를 계약했다고? 어디에?"

　"있어 웅정리 쪽에. 집에서 별로 안 멀어."

"그래서 가게에서 뭘 할 건데?"

"식당."

"식당? 식당에서 뭘 팔 건데?"

"있어. 이것저것 할 거야. 잔소리하지 마."

그 말이 끝나자마자 잔소리를 시작했다. 몸도 안 좋아서 오래 서 있지도 못하면서 무슨 식당을 하느냐고. 아빠가 음식하는 거 좋아하는 건 누나랑 나를 위해서 할 때나 해당하는 이야기지 불특정 다수를 위해서 하는 건 절대 쉬운 일이 아니라고. 그렇게 한참 잔소리를 쏟아 대다가 아빠가 마트에서 웃던 게 생각나서 식탁에 앉으며 마음을 가라앉혔다.

"디자인은? 메뉴판이나 간판 같은 거. 그런 거 다 디자인해야 할 텐데. 차는 안 필요해? 뭐 사러 가거나 실어야 할 거 있으면 나한테 얘기해."

그렇게 이야기하고 방으로 들어와 덮었던 노트북을 열었을 때 거실에서 아빠 목소리가 들렸다.

"고마워."

이것이 아빠와 내가 서로를 사랑하는 방식이었다. 그냥 겉으로 보면 부자지간에 티격태격한 걸로 보이겠지만 내가 했던 이야기는 오로지 아빠를 위해서 한 말이었다. 물론 일하고 싶은 마음은 알겠지만 그 마음과 이제 아빠의 몸 상태가 사뭇 다르다는 걸 누구보다 잘 알고 있는 사람은 나였으니까. 갑자기 거실로 뛰어나와서 잔소리를 쏟아내는 나한테 별다른 말 없이, 있어, 라는 말로 차분하게 대답을 한 거 역시 아버지도 나를 알고 있기 때문이었다. 저렇게 이야기해도 결국 그 누구보다 잘 도와줄 거라는 걸 알고 있었으니까.

대화를 나누고 며칠 뒤, 아빠가 아침에 나가는 소리에 잠에서 깼다. 작업하다가 잠든 지 얼마 안 됐던 시간이라 마저 잠을 청하고 점심이 지나서 일어났는데 그때도 아빠는 집에 없었다. 점심도 차려 먹고 커피도 한잔하고 운동도 다녀왔는데도 아빠가 없었다. 도대체 아침 일찍부터 어디 간 걸까 싶어서 전화를 걸었더니 무언가를 하고 있는 듯했다.

"어, 아들. 아빠 바빠. 이따 전화할게"

전화로 들리는 목소리가 밝았다. 저녁이 다 돼서야 돌아온 아빠는 계약한 가게에 다녀오는 길이라고 했다. 이것저것 만들고 손봐야 할 게 있어서 하루 종일 무언가를 만들었단다. 쥐는 안 났냐고 물었더니 조금 났지만 금방 괜찮아졌다고 했다. 아빠는 그날 저녁을 기분 좋게 차려 먹고 일찍 잠자리에 들었다. 그다음 날도 그리고 그다음 날도 아빠 아침 일찍 가게로 향했다. 전화를 하거나 가게로 무언가를 도와주러 가거나 저녁에 집에서 만날 때마다 아빠는 내가 그동안 봤던 모습과 다를 정도로 활력이 넘쳤다. 아버지도 무언가를 할 수 있다는 걸 자식들에게 보여줘서 그런 걸까. 몸이 안 좋아지면서 대부분의 시간을 집에서 보내던 아버지가 이제 드디어 할 일이 생겼을 때 나오는 에너지는 내가 어떤 일을 시작할 때 나오던 모습과 하나도 다를 게 없었다.

나는 그때 사람에게 희망이라는 것이 얼마나 중요한지를 다시 느꼈다. 세상을 살아가는 동안 그 어떤 욕심 하나 없던 아버지가, 심지어 점점 안 좋아지는 몸 상태에서도 하고 싶은 일과 해야 할 일이 생겼을 때 부여받던 그 활력. 그것은 희망만이 할 수 있는 일이었다.

부모님은 어릴 때 자식이 어디 나가기만 하면 물가에 내놓은 것처럼 불안해하고는 했다. 그리고 그 위치는 시간이 지날수록 조금씩 바뀐다. 빠르게 변하는 시대에 적응하는 게 아무래도 젊은 세대보다는 느릴 수밖에 없는 부모님이 무언가를 시작하려고 하면 이제 자식들이 물가에 내놓은 것처럼 걱정하는 것이다. 나 역시 그랬다. 간판은 잘 준비할까. 메뉴판은. 어디서 사기당하는 건 아닌가 싶었는데 몇 번 도와주러 왔다 갔다 할 때마다 놀랍도록 가게의 모습이 완성되고 있었다. 메뉴판도 괜찮았고 간판도 괜찮았고 더 놀라웠던 건 내가 생각했던 것보다 훨씬 싼 가격에 했다는 사실이다. 그렇게 달린 간판이 '철이네 식당'이었다. 아빠 이름의 한 글자를 따서 지었는데 처음 그 간판을 보자마자 웃음부터 났다. 내가 글 쓸 때 내 이름을 쓰는 것과 언젠가 식당을 한다면 근호 식당으로 하고 싶었는데 그 모습조차도 똑같았으니까.

　문제는 가게를 영업하는 첫날이었다. 혼자 하기 힘들다고 판단을 한 아빠는 주방에서 설거지와 간단한 것을 도와줄 사람을 구했는데 그 사람이 당일에 연락도 없이 나오지 않은 것이다. 그 사실도 영업 시작한 지 두 시간이 지나고 나서야 알았다. 잘 되냐고 전화를 걸었더니 속상한 말투 끝에 오늘 나오기로 한 사람이 나오지 않았다는 사실을 말했다. 그런 게 있으면 진작 이야기하지 왜 이제야 이야기하면서 하던 일을 멈추고 철이네 식당으로 향했다. 아빠가 해달라는 대로, 아빠가 시키지 않아도 오랫동안 카페를 하면서 느꼈던 감으로 낮부터 밤까지 도왔다. 저녁에 청소를 할 때면 괜히 몸이 좋지 않은 아빠가 주방에서 넘어지기라도 할까 봐 그 넓은 주방을 백 번은 닦고 나서야 퇴근을 했다. 그렇게 며칠 하던 일을 다 미뤄두고 철이네 식당으로 출근을 하게 됐다.

　아버지가 차려주는 밥을 먹거나 티브이를 보거나 재

295

료를 손질하고 설거지를 하는 게 대부분이었다. 손님이 오면 빨리 뛰어나가서 응대하는 정도. 아빠와 오랜 시간을 붙어 있으면서 아빠랑 가깝게 지내던 사람들을 그때 거의 다 만났다. 매번 집에만 있어서 사람을 안 좋아하나 했었는데 생각보다 너무 많은 사람이 아빠를 축하해주겠다고 식당을 찾는 게 아닌가. 어느 대낮에는 중년 남자 넷이서 왔는데 알고 보니 아빠의 친구들이었다. 평소에 혼자서는 절대 옮길 수 없어서 미뤄뒀던 것도 아저씨들이 다 같이 붙었더니 금방 위치가 바뀌었다. 그리고서는 밥을 먹는데 나와 내 친구들처럼 똑같이 장난을 치는 게 아닌가.

"얘는 고기 안 먹어. 고기 안 줘도 돼."

"고기를 안 드신다고? 왜?"

"몰라. 어느 날 갑자기 고기를 끊었대. 그러더니 진짜 한 입도 안 먹던데?"

이런 시시콜콜한 이야기를 그때 아빠와 처음 나눠봤

다. 나름 즐거웠던 철이네 식당 알바 생활은 그렇게 오래가지 못했다. 영업을 시작한 지 얼마 되지 않아서 아빠는 몸 상태가 안 좋아지기 시작해서 다시 또 병원 신세를 져야 했기 때문이다. 병실에 누워있는 동안 더는 할 수 없다고 판단을 내렸는지 퇴원하자마자 급하게 가게를 정리했다. 첫 영업을 한 지 십오 일이 채 지나지 않아서였다. 이제 철이네 식당은 내 기억과 몇 명에게만 존재했던 식당이 되어버렸지만 아직까지 지워지지 않는 사실이 있다.

아빠도 친구가 있고
하고 싶은 게 있는 사람이었다는 걸.
아빠가 나의 아빠이기 이전에
한 명의 사람이었다는 걸.

뻔하고 뻔한 사실을 그 작은 식당에서
피부가 아닌 온몸으로 깨달았다.

더 멋있는 것

＊

　글을 쓰고 고치는 일을 오래 하다 보면 생기는 이점
이 있다. 내가 쓴 글을 객관화하는 능력이 조금은 뚜렷
해진다는 것이다. 내 관점이나 상황이 아니더라도 과연
하고 싶은 말이 잘 전달될까. 안 읽히는 부분은 없을까.
계속 고치다 보면 내 글을 객관적으로 바라보는 능력이
생긴다. 그리고 그 능력은 거기서 그치는 게 아니라 내
삶 전체를 객관적으로 보는 데에도 도움이 된다. 지금
내 현실이 어떤지. 나는 어떤 장점을 가지고 있고 어떤
단점을 가지고 있는지. 지금 내가 해야 하는 일은 무엇
인지. 앞으로 어떤 일이 일어날 것 같은지.

한 발 멀리서 내 삶을 바라보면서 걱정되던 일이 하나 있었다. 아버지와의 이별이었다. 오래전부터 마음의 준비는 한다고 했지만 언제 이별이 인사를 하고 시작된 적이 있었는가. 준비한다고 괜찮아 진 적이 한 번이라도 있었는가. 초등학교 때 멀리 이사를 하는 바람에 학교를 옮기게 됐는데 그 사실을 두 달 전부터 알고 있었어도 이별은 힘들었다. 올여름, 언젠가 나에게 다가올 것만 같았던 일이 너무 빠르게 찾아왔다. 발인하던 날 인천가족공원 승화원에서 아버지의 몸과 마지막으로 인사를 했다. 영정 사진은 매형이 들어야 한다고 안내를 받았는데 내가 들었다. 나는 그냥 관을 따라 걸으면 된다고 했는데 한 번 제대로 안아드리고 싶어서 사진은 내가 들었다. 철문이 열리고 아버지가 그 속으로 들어갔다. 잘 가, 잘 가라는 말만 반복하며 하염없이 울었다.

공간이 너무 좁아서 가족 몇 명밖에 들어갈 수 없었던 대기실. 그 속에서 한참을 울다가 뒤를 돌았을 때 입구 밖에 덩치가 산만한 친구들이 열댓 명 서 있었다. 친구들이었다. 함께 작업하면서 친해진 동료들과 고향 친구들까지 함께 있어서 사람이 꽤 많았다. 마실 거라도 사

먹여야 할 것 같아서 다 같이 편의점으로 향했다. 며칠 밤을 새운 사람들이 대부분이었기 때문에 나만큼이나 얼굴들이 말이 아니었다. 피곤하겠다고. 고맙다고 연신 인사를 하다가 친구 한 명이 괜찮냐고 물어왔다.

　말도 안 되게 슬프다.

　삶의 대부분을 창작하겠다고 살았던 사람이 한 대답 이었다. 정말 그때 내가 느낀 기분을 말로 표현할 재간 이 없었다. 종이비행기가 폭우 속에서 일 초밖에 날지 못하듯 그렇게 힘없이 외칠 뿐이었다. 세상엔 정말 말 도 안 되는 슬픔이 있었다. 모든 절차가 끝나고 집으로 돌아오고 나서 사람을 잘 만나지 않았다. 고맙다고 연 락도 하고 만나러 가기도 해야 하는데 내가 생각했던 것보다 충격이 너무 커서 움직일 수가 없었다. 생각나 는 건 오로지 술뿐. 내가 그때 느꼈던 건 정말 사랑하 는 사람이 세상을 떠나면 위치가 바뀐다는 것이었다. 아버지가 세상에 없는 게 아니라 내가 세상에 없는 사 람처럼 느껴졌다. 죽은 자와 살아있는 자가 바뀌는 기 분이랄까. 아버지는 세상에 없는 존재가 되면서 살아생

전 느끼던 고통이 사라진 반면에 나는 지울 수 없는 슬픔을 가득 껴안게 됐으니 위치가 바뀐 기분이었다. 그렇게 며칠을 술독에 빠져 살다가 제대로 살아야겠다고 마음을 먹은 뒤로는 평상시처럼 사람들을 만났다. 한 가지 달라진 것이 있다면 만나는 모든 사람들이 나를 너무 신경 쓴다는 것이었다. 아무래도 얼마 전에 큰일을 치렀으니 걱정이 되는 모양이었다. 근데 자신들의 생각과는 다르게 내가 너무 평소와 똑같으니까 괜찮냐고 물어오는 사람들이 많았다. 내 대답은 늘 비슷했다. 괜찮아. 걱정해줘서 고마워.

그렇게 지내던 어느 날 술을 한잔하고 있었는데 나를 유독 신경 쓰던 사람이 한 번 더 이야기를 꺼냈다. 진짜 괜찮아? 괜찮다는 말을 계속 하고 정말 괜찮다는 표정을 지어 보였음에도 그 사람은 신경이 쓰이는 듯했다. 이렇게 누군가에게 걱정을 끼치는 걸 좋아하는 성격이 아니라 아무에게도 하지 않았던 말을 건넸다.

진짜로 괜찮아. 사실…….
이렇게 힘든 일이 생길 때마다 그런 생각을 했다?

자꾸 누군지도 모르는 존재가

나를 괴롭히는 것 같은 생각이 들 때 있잖아.

힘들지? 힘들지? 쓰러져. 빨리 포기해, 라고.

그때 내가 진짜 포기도 해보고 쓰러져도 보고

울어도 보고 다 해봤는데 점점 억울한 거야.

지는 기분이 들더라고.

생각보다 쉬워. 힘든 일 일어났을 때 무너지는 건.

그냥 비가 오면 땅이 젖고 날씨가 추우면 얼어버리는

것처럼

당연한 일이 돼.

근데 그 반대로 사는 건 진짜 어렵더라.

힘든 일이 일어났어도 여전히 웃고

말도 안 되는 슬픔을 겪어도 여전히 다정한 거.

나에게 일어난 일과 반대로 사는 건 어려워.

그래서 해보려고. 아무리 어떤 일이 일어나더라도

나를 잃지 않고 잘 살아가 보려고.

진짜 씩씩하게 이 악물고 더 잘 지내려고.

어려운 게 훨씬 더 멋있으니까.

부모 자식 관계

서로 해준 게 없다고 이야기하고

서로 받은 기억밖에 없다고 말하는 사이.

감정선

*

글 쓸 때마다 주야장천 등장하는 인물이 하나 있는데 태호라는 녀석이다. 이 글에도 친구 중 한 명으로 몇 번 등장했다. 보통 진짜 친한 친구들은 내 글을 안 읽는다. 아직도 적응이 안 된다나 뭐라나. 그래도 태호만큼은 좀 읽어주는 편인데 이 녀석하고 친해진 스토리가 특이하다. 원래부터 친했던 건 아니고 서로 다른 중학교를 나왔다가 고등학교에서 만나게 됐다. 그때부터 친하게 지냈던 것도 아니다. 텃세가 심한 학교라서 타지역에서 중학교를 나온 친구들과 그쪽에서 원래 살았던 친구들끼리 가까워지는 건 쉽지 않은 일이었다. 나야 뭐 그런 거 원래부터 신경 안 쓰고 살았으니까 그냥 열심히 학교생활을 했는데 어느 날부터 태호가 나를 만날 때마다 흔히 말하는 '어깨빵'을 하는 게 아닌가.

알고 보니 태호가 좋아하는 여자애가 있었는데 그 친구가 나한테 호의적인 태도를 취해서 그러는 거였다. 한 일 년 정도는 만날 때마다 어깨빵을 했다. 난 어릴 때부터 타인의 삶에 별 관심을 두지 않고 내 꺼나 잘하자는 생각이었기 때문에 그냥 웃으면서 넘겼다. 내가 지나갈 때 너무 의도적으로 따라와서 부딪힐 때면 오히려 귀엽다는 생각이 종종 들고는 했다. 그렇게 지내다가 태호가 좋아하던 애랑 연인이 되자 더는 어깨빵을 하는 일이 없었다.

성인이 되고 나서도 친구들이 겹쳤기 때문에 술자리에서 종종 보고는 했다. 인사도 하고 술도 먹으면서 가깝지도 그렇다고 멀지도 않은 사이로 지내고 있었다. 그랬던 사이가 이렇게 글에 자주 등장하게 된 건 내가 카페를 하면서였다. 이른 나이에 사회에 뛰어들었는데 마침 그때 태호도 일찍 사회에 뛰어들었다. 남들보다 훨씬 먼저 일을 시작했으니 일에 대해서 할 이야기가 많았고 그렇게 이야기를 나누다가 가까워지게 됐다. 가깝게 지내다 보니 정말 놀라울 정도로 겹치는 부분이 많았다. 서로가 서로를 보완해주는 것도 많았다. 예를 들면 태호는 속에 있는 말을 하지 못하는 타입인데 나는 그런 걸 잘하는 편이라 태호가 말 못하는 걸 내가 대신 말해주기도 하고 내가 이해할 수 없는 부분을 이해할 수 있도록 태호가 도와주고는 했다.

성인이 되고 친해진 친구도 있다. 휘명이라고 같이 글을 쓰는 친구인데 이 친구 역시 글에 자주 등장했다. 그전에 쓴 글에서 아버지 발인할 때 괜찮냐고 물어봤던 친구가 이 친구였다. 휘명이랑 가까워지게 된 건 함께 작업을 하면서였다. 한 출판사에서 공동집필 책을 의뢰했었는데 그때 만나게 됐다. 공동 집필 책을 위해 네 명이 모였는데 나랑 휘명이가 동갑이었고 동생 두 명이 동갑이었다. 그때 모였던 사람들이랑 지금도 다 잘 지내고 있지만 휘명이랑은 유독 더 각별한 사이가 됐다. 공동집필 책이 처음 나왔을 때 그 책이 쫄딱 망해서 포장마차에서 소주를 마실 거라는 건 생각지도 못하고 잘 될 거라며 치기 어린 허영심에 취해있을 때 다 같이 롤링페이퍼를 한 적이 있다. 그때 나랑 휘명이가 서로에게 써준 내용이 똑같았다. 그동안 어디에 있었냐는 내용이었다. 좋은 친구를 만나서 좋다고.

첫 작업을 함께한 뒤로 지금까지 쭉 같이 작업을 하고 있다. 경조사가 있으면 서로 챙기고 글 적인 것에 대한 이야기도 많이 공유하고 서로 의지하면서 지내고 있다. 사회에서 만난 친구는 친구가 아니라는 어떤 사람들의 말과는 전혀 다른 모습으로 지낸다.

친하게 지내는 친구들이야 많지만 유독 기억에 남는 저 두 사람만 보더라도 공통점이 있다. 나랑 감정선이 비슷하다는 것이다. 여기서 말하는 감정선이란 꼭 좋아하는 게 똑같고 싫어하는 게 똑같은 게 아니다. 취향, 분위기, 생각, 가치관처럼 눈에 보이지 않는 것들이 비슷하다. 혹시나 다른 게 있더라도 그게 절대 어색하거나 관계에서 악영향을 미치지도 않는다. 감정선이 비슷해, 라는 말로밖에는 표현할 수가 없다. 이 글을 쓰기 위해서 감정선이라는 말이 도대체 어디에서 시작 됐을까 찾아봤더니 손금에서 많이 사용하는 말이란다. 손바닥의 맨 위쪽에 위치하며 감수성, 성격, 애정성향, 인간관계에 대한 태도, 사회적 성향 및 기타 감정적인 상태에 대한 정보를 알 수 있는 곳이란다. 감정선이 같다는 말로 그 관계를 표현할 수밖에 없었던 것도 조금은 이해가 됐다. 마치 언젠가는 꼭 만나야 했던 것처럼 가까워지는 사람들이 있다.

공통점

낯선 두 사람이 가까워지는

가장 빠른 방법.

서로 좋아하는 것이 같은 것보다

싫어하는 게 같아야 한다.

전화

얼른 전화해서

지금 뭐 하고 있냐고 물어봐.

갑자기 왜 그러냐고 물어보면

그냥 보고 싶어서 전화했다고 말해.

어색하고 낯부끄러워도

상대방은 좋아할 거야.

물론 너도 좋을 거고.

편지

며칠 전에 누가 물어보는 거야.
좋아하는 거랑 사랑하는 것의
차이점이 뭐냐고.

그래서 대답했지.
좋아하는 건 그냥 좋아하는 건데
사랑하면 어려워진다고.

어떻게 말해야 할까.
내 행동을 어떻게 생각할까.
점점 생각이 많아지면서 어려워져.

이건 꼭 남녀관계에만
해당하는 이야기가 아니야.
우리 삶 전반을 아우르는 이야기지.

잘하고 싶었지?
잘 살고 싶은 만큼
열심히 하고 또 기대했었지?

삶을 사랑하는 사람들은
사랑에 빠진 사람처럼
모든 게 다
어렵게 느껴질 때가 있더라.

지금 느끼는 불안을 숨기기 위해
최선을 다할 때도 있었고
도움이 필요할 때도 있었지만
쉽게 말하지 못할 때가 많았지.

잘해보겠다고
몸에 힘 꽉 주고 서 있는데
누가 나한테 그런 말을 했어.

잘하지 못해도 괜찮대.
실패해도 괜찮으니까
마음 편하게 하래.

얼마나 위로가 되던지.
나도 당신에게 말해주고 싶은 거야.
괜찮아. 실패했을 때
내게로 오면 되니까.
괜찮아. 무언가를 이뤄냈을 땐
내가 함께 기뻐해 줄 거니까.
오늘도 수고했어.

완벽한 사람

사랑을 앞에 두고 많은 생각을 했었지.

눈 뜨면 생각나는 사람이 있다는 게 설레면서도

어쩌면 그 사람이 나를 가장 아프게 할지도 몰라서

또 뒷걸음치고는 했지.

근데 사랑은 감출 수도 막을 수도 피할 수도 없던걸.

시간이 나서 하는 것이 아니라

사랑을 위해 시간을 마련하는 것이고

완벽한 사람이라 시작하는 것이 아니라

사랑을 위해 완벽한 사람이 되고 싶어지던 걸.

사랑은 나도 모르게 나를 움직이고 있었어.

새로 생긴 취미

✳

2020년도 1월 1일에 특이한 일 하나를 했다. 바다를 보러 서해에 다녀왔다. 정확히 기억하는 이유는 그날 일몰을 보러 갔기 때문이다. 대부분 새해에는 일출을 보러 가는 편인데 나도 그런 사람 중 하나였다. 매해 일출을 보러 가다가 새해의 일몰은 어떤 모습일까 싶어서 오후 늦게 바다로 향했던 기억이 있다. 친구들과 술자리에서 올해 일이 잘 안 풀린다는 이야기를 주고받을 때면 우스갯소리로 그런 이야기를 한다. 사실… 1월 1일에 일출 말고 일몰을 봤다? 그래서 그런가 내 인생이 뚝뚝 떨어져. 노을이야 노을. 내가 살고 있는 동네는 경

기도 김포 안쪽에 위치하고 있어서 서울에 가는 것보다
강화도 가는 게 더 가깝다. 이상하게 어떤 것이든 가까
이에 있으면 자주 안 찾게 되는 버릇이 있다. 주말에 강
화도로 들어가는 차가 밀리는 걸 보면 혼잣말을 하고는
했다.

뭐 볼 게 있다고
저렇게 많은 사람들이 가는 걸까.

바다를 보겠다고 동해부터 제주도, 해외까지 그렇게
많이 왔다 갔다 했어도 이 동네에서 20년 가까이 살면
서 서해를 찾은 건 손에 꼽을 정도다. 이유를 묻는다면
한 가지였다. 언제든 갈 수 있을 만큼 가까운 곳이니 별
로 끌리지 않는달까. 그랬던 곳을 자주 찾게 된 건 코로
나 때문이었다. 코로나로 일상이 무너지면서 할 수 있
는 게 점점 없어졌다. 조카도 있고 가끔 일적으로 사람
들을 만날 수밖에 없는 상황에 놓여있는지라 남들보다
더 유난을 떨면서 조심했다. 매번 집에서 작업하다가
도저히 못 참을 만큼 답답할 때면 드라이브한다는 생각
으로 다녀오고는 했다. 운전해서 삼십 분 정도밖에 안

걸리는 그 거리를 천천히 달리면 기분이 괜찮았다. 특히 평소에 듣던 노래 말고 새로운 노래를 들으면 더 좋았다. 커피 한 잔 들고 걷다 보면 생각도 정리되고 불안한 것도 좀 없어지는 것 같아서 바닷물이 차 있든 갯벌이든 일단 출발하고 본다.

어제도 글이 잘 쓰이지 않길래 아침까지 씨름하다 오전 9시가 다 돼서야 잠에 들었다. 점심이 지나고 눈을 떴는데 얼마나 뻐근하던지. 새벽 4시 이후로 자는 건 두 시간을 자도 한 시간 자는 것과 비슷하다는 말을 들었는데 그 말이 사실이기라도 한 것처럼 컨디션이 별로였다. 게다가 아무리 작업하느라 늦게 잤다고는 하지만 점심이 지나고 일어나면 게으른 삶을 사는 기분이 들 때가 많다. 기분 전환이 필요할 것 같아서 대충 밥을 챙겨 먹고 서해에 다녀왔다. 역시나 바닷물은 없었고 구름이 잔뜩 낀 덕분에 일몰조차 볼 수 없었다. 그래도 언제나 그랬던 것처럼 기분은 한결 괜찮아졌다.

집으로 돌아오면서 계속 그런 생각을 했다. 이렇게 좋은 곳을 그동안 왜 자주 오지 않았을까? 조만간 사랑하는 사람도 꼭 데려와야지. 잠깐의 외출이 끝나고 집으로 돌아와 저녁을 차려 먹었다. 아무래도 할 게 없다 보니 집에서 차려 먹는 밥을 조금 더 신경 쓴다. 그럼 시간이 잘 가니까. 저녁을 챙겨 먹고 집안을 치우고 선물받은 캔들에 불을 붙였다. 바닥도 깨끗하고 집안에서도 좋은 향기가 난다. 바쁘다는 이유로 이럴 여유가 없었는데 우리 집도 생각보다 포근했구나. 집안을 가꾸는 것도 얼마 만인지 모르겠다. 내친김에 몇 개월 동안 얼굴을 보지 못한 친구에게 전화를 걸었다. 웬일로 전화를 다 했냐는 말을 하지만 어딘가 반가워 보이는 목소리다. 과연, 일상이 무너지지 않았어도 근처 바다를 자주 찾고 집을 가꾸고 친구에게 전화를 걸었을까. 일상이 무너지고 나서야 소중하게 느껴지는 것들은 대부분 가까이 있던 것들이라는 생각이 들었다.

잊고 있었던 자랑

1. 초등학교 때 발명품 대회에서 1등 함

2. 초등학교 3학년 때 평균 90점 넘음

3. 유치원에서 IQ 측정했을 때 내가 제일 높았음

4. 초등학생 때 선생님이 감성 남다르다고 반에서 칭찬해줌

5. 고등학생 때 화장실 청소 열심히 한다고 장학금 5만 원 받음

6. 친구네 어머니가 근호는 착해서 좋다고 말씀하심

7. 음악 알려주던 선생님이 가사는 근호가 제일 잘 쓴다고 칭찬함

8. 중3 때 자주 친구들 괴롭히던 애랑 싸울 때 영화처럼 주먹 피함

9. 운동할 때 코치님이 얘는 한 번 배운 건 안 까먹는다고 함

10. 자전거 잘 타서 항상 내가 맨 앞으로 달렸음

11. 농구 할 때 공격 갔다가 수비까지 갔다가 다시 공격 감

12 . 그걸 경기 끝날 때까지 반복해도 안 지침

13. 물고기 잘 잡음

14. 똑같은 상황에서도 남들보다 더 많이 느낌

15. 혼자 삼겹살 5인분에 밥 3공기 먹을 수 있는데 뱃살 없음

16. 심심해서 실험해봤는데 저녁 한 끼로 초밥 36개 먹고 약간 출출했음

17. 책 다섯 권이나 냈음

18. 힘든 일 많았는데 그래도 올바르게 자랐음

19. 좋아하는 시인님이 글 좋다고 해주심

20. 어머니 아버지의 아들이었음

자랑이 뭐 특별한 건가.

당신은요?

어떤 순간이 기억나나요?

내면 아이

*

우리 마음속에는 오랫동안 자라지 않는 아이가 한 명
산다. 내면 아이다. 어린 시절의 형성된 아이가 한 사
람의 인생에서 어른이 된 후에도 지속적인 영향을 주는
존재를 말한다. 보통은 가족 관계에서 형성이 된다고는
하지만 가까운 사이 때문에 내면 아이가 형성되기도 한
다. 나는 이별이나 죽음에 특히 예민하게 반응하는 편
인데 언제부터 그렇게 됐을까 싶어서 내 내면 아이를
따라 가본 적이 있다. 깊게 들어가지 않아도 금방 원인
을 찾을 수 있었다. 보통은 부모님의 양육방식이 대부
분의 영향을 미친다는데 그건 아니었다. 내가 기억하는

어릴 때 부모님의 모습은 그보다 더 다정할 수가 없었다. 수학이 특히 이해 안 돼서 똑같은 걸 몇 번씩 물어봤는데 그때마다 늘 친절하게 알려주셨고 내가 물고기 잡는 걸 좋아하니까 강가에서 종일 함께 놀아주기도 하셨다. 문제는 그랬던 부모님 중 한 명이 세상을 떠난 것이다. 그것도 너무 이른 나이에 별다른 인사도 없이. 그 사실을 들었을 때 느꼈던 감정은 말로 표현할 수가 없다. 물론 나이가 훨씬 더 들었더라도 힘든 일이었을 테지만 아직 학생이었던 그때는 내가 감당할 수 있는 일이 아니었다. 이별할 때 치러야 하는 절차를 다 치르고 나서 느꼈던 건 일종의 배신감이었다. 이렇게 어린 나를 두고 떠날 수가 있을까. 물론 스스로의 선택은 아니었지만 그땐 그런 생각이 강하게 들었다. 그다음에 들었던 생각은 다시는 볼 수 없다는 슬픔이 아니었다. 이제는 혼자의 삶에 더 가까워졌다는 것보다 이기적이게도 내가 하지 못한 말들이 떠올랐다. 어떤 말은 영원히 할 수 없다는 사실을 깨닫고는 그 이후로는 하고 싶은 말이면 다 하려고 애쓰면서 살았다. 물론 그것도 그렇게 건강한 모습은 아니었다.

그때 형성된 내면 아이는 지금까지도 영향을 미치고 있다. 아무리 열심히 살고 아무리 치열하게 무언가를 하더라도 늘 삶이 덧없다는 생각이 들고는 한다. 많은 사람이 죽음을 두려워하지만 나는 죽음이 두렵지 않다. 오히려 가끔은 그게 세상에서 가장 편하게 느껴질 때도 있다. 어느 날 친한 동생이랑 포장마차에서 술 한잔 마시다가 물어봤던 적이 있었다.

나는 내면 아이가 느끼는 가장 큰 감정이 죽음인데 너는 어때?

동생의 대답은 예전에 한 번 들었던 이야기였다. 어릴 때 친구들 사이에서 따돌림을 당한 적이 있는데 그때 기억이 내면 아이로 자리 잡아서 사람들한테 먼저 연락하는 게 어려워지고 조금 더 냉소적으로 바뀐 것 같단 다. 조금씩 형태가 다를 뿐이지 많은 사람의 마음속에 는 여전히 상처 입고 자라지 못한 아이가 살고 있다는 걸 그때 조금 더 느꼈다. 두 번째 책을 쓸 때 마음속에 꼭꼭 숨어있는 내면 아이에게 다가간 적이 있었다. 어머니에 대한 글을 쓸 때였는데 마지막으로 이별하던 그

날을 떠 올렸다. 하늘이 티 없이 맑고 단내가 나는 바람이 부는 계절이었다. 절에서 49재를 지내는 마지막 날이었는데 모든 절차가 끝나고 아버진 그 자리에 앉아 계셨고 누나는 산 쪽으로 올라가고 나는 바로 앞마당에 앉아있었다. 거기서 음악을 들으면서 정리되지 않은 감정을 방법도 모른 채 추스르고 있었는데 그때 그 아이 옆으로 지금의 내가 다가가는 상상을 했다. 그리고는 별다른 말을 하지 않고 옆에 나란히 앉는 것이다.

그 아이에게 다가가서 상처를 지워주는 건 할 수 없지만 괜찮다고 말하는 것쯤은 할 수 있으니까. 슬퍼하지 말라고 다그치는 게 아니라 상처를 매만져주겠다고 억지로 꺼내는 게 아니라 그냥 옆에 있어 주는 것이다. 조금 더 어른이 된 입장에서 괜찮다고 말해주는 것이다. 지금 나이에 감당하기 힘들겠지만 사랑하는 사람을 떠나보내는 건 누구에게나 일어나는 일이라고. 네가 유독 저주받고 잘못된 삶을 살고 있는 게 아니라 모두가 다 겪는 거라고. 과거의 나에게 그런 말을 해주고 나니 시간을 넘나드는 영화 속의 주인공이라도 된 것처럼 지금의 내 마음이 조금은 가벼워졌었다.

어차피 삶이란 과거의 나와 미래의 나와 현재의 내가 공존하고 뒤엉키면서 살아가는 것 아닌가. 앞으로의 날이 조금 더 편안하려면 아직 자라지 못한 채 울고 있는 내면의 아이에게 괜찮다고 말해주는 시간이 반드시 필요하다. 괜찮아. 괜찮아. 그럴 수 있는 일이야. 네 잘못이 아니야, 라며.

상처

*

"근호야 나 진짜 너무 화나서 미칠 것 같다"

초저녁에 받은 전화에서 통화가 연결되자마자 들려온 말이었어요. 마저 이야기를 들어보니 사연은 그랬죠. 친구네 부모님께서 일을 하시다가 직장 동료와 다투게 됐는데 그분이 친구 어머님께 해서는 안 될 심한 말을 한참 동안 하신 거죠. 너무 속상하셨던 어머님은 집에 다 그 이야기를 털어놓으셨고 친구는 이야기를 듣고 화가 머리끝까지 난 상황이었어요. 그날 세 명이 모여서 술을 마셨어요. 같이 그 직장 동료를 욕해주는 게 전부였지만요. 어느 정도 술이 들어갔을 때 한숨을 쉬면서 그런 말을 하더라고요.

"내가 빨리 잘 됐으면 엄마 일 그만두게 했어도 됐을 텐데……."

그날은 친구 어머님과 친구, 두 사람이나 상처를 받은 날이었죠. 세상에는 상처받을 일투성이에요. 어릴 때도 그랬고 시간이 흐른다고 해서 그럴 일이 줄어드는 것도 아니죠. 인간관계, 꿈, 가족, 돈 문제, 연인, 사랑 등 상처를 받을 만한 곳도 무수히 많아요. 며칠 전에는 그런 이야기를 들었어요. 저는 챙겨준다고 되게 신경 썼던 사람인데 그 사람이 다른 곳에서 저에 대해 안 좋은 이야기를 했다네요. 그 이야기를 건너서 들었을 때 어찌나 철렁하던지요. 왜 그런 말을 했냐고 따져 물을까 하다가 그것도 피곤할 것 같아서 그냥 지냈어요. 괜찮아, 뭐 그럴 수도 있지, 라는 말을 하면서 지냈는데 자꾸 생각이 나는 거예요. 서운하기도 하고 조금 화가 나기도 하면서요. 왜 그랬을까. 무엇이 문제였을까, 하면서요.

근데 그거 아세요? 사람이 받는 대부분의 상처는 외부에서 생긴다는 것을요? 자기가 한 행동에서 상처를 받는 것보다 외부에서 생기는 어떤 상황이나 요소 때문에 상처받는 경우가 많아요. 근데 그거 아세요? 그 상처를 키우는 건 자기 자신이라는 사실을요. 자꾸 내 탓으로 돌리고 상대방은 기억도 못 할 일을 계속 곱씹으면서 지내니까요. 친구의 이야기만 보더라도 어머님이 겪으신 일이 결국은 자기가 잘 되지 못해서 그런 일이 일어났다는 걸로 바뀌었으니까요. 마음이 말랑말랑한 사람들이 꼭 그래요. 가끔은 타인을 탓하거나 상황을 탓해도 되는데 무조건 자신을 탓하고 보는 거죠.

상처를 더 크게 키우지 않는 가장 좋은 방법은 무조건적인 내 탓을 하지 않는 거예요. 또 이렇게 말한다면 그런 생각이 들 수도 있겠죠? 그럼 남 탓이나 상황 탓을 너무하게 되면 어떡하냐고요. 아니요. 애초에 모든 것의 원인을 자기 자신의 잘못으로 여기는 사람은 아무리 다른 것을 탓해도 그렇게 강하게 하지 못해요. 내가 겪은 상처를 보듬어주는 유일한 방법은 내 탓으로 돌리지 않는 것일지도 모른다는 생각을 했습니다. 모든 것을 내 탓으로 돌리는 순간부터 삶은 괴로워지니까요. 그러고 보니 좋아했던 드라마에서 이런 대사가 나오네요.

네가 대수롭지 않게 받아들이면
남들도 대수롭지 않게 생각해

네가 심각하게 받아들이면
남들도 심각하게 생각해.
네가 아무것도 아니라고 생각하면
아무것도 아닌 일이 돼.

모든 일이 그래
항상 네가 먼저야.

집

*

동네 마트에서 일하시는 분 중에 말투가 특이한 분이
계셨다. 군인처럼 했습니다, 예, 이런 식으로 말을 하셨
는데 심지어 그 말투에 로봇처럼 영혼이 하나도 담겨있
지 않았다. 처음 대화를 나눴을 땐 일부러 그러시는 걸
까? 하는 생각이 들 정도로 특이했다. 어떤 사람은 그
말투를 듣고 기분 나쁘다며 볼멘소리를 할지도 모르겠
다는 생각마저 들 정도였다. 듣기 좋은 말투는 아니었
으니까.

아니라 다를까 며칠 뒤에 장을 보고 계산을 하려는데 옆 계산대가 시끄러웠다. 특이한 말투의 직원분과 손님 사이에서 언쟁이 오가고 있었다. 대충 들어도 말투가 왜 그러냐는 식의 내용이었다. 언쟁이라고 표현하긴 했지만 손님이 일방적으로 화를 내는 상황이었다. 결국 저런 일이 일어났구나. 기분 좋은 말투는 아니었지만 일부러 그러시는 것 같진 않았는데…라는 말을 속으로 하면서 그 옆을 지나갔다. 그분의 말투가 특이하다는 게 소문이 났는지 마트를 찾을 때면 그분한테는 사람들이 잘 가지 않았다. 큰 마트가 아니라 계산대를 두 개에서 세 개 정도밖에 사용하지 않았는데 항상 그분 앞은 텅텅 비어 있었다. 난 그런 걸 별로 개의치 않아 하는 편이라 일부러 그분에게 계산을 맡기곤 했다.

그렇게 한참이 지나고 길거리에서 우연히 그분을 만난 날이 있었다. 저녁에 술 약속이 있어서 집에서 작업하다가 늦게 서울로 나가는 날이었다. 버스를 타고 갔다가 택시를 타고 돌아오는 게 더 좋을 것 같아서 정류장에서 막차를 기다리고 있었는데 저 멀리서 누군가가 뛰어오는 게 보였다. 그분이었다. 마트 마감 시간과 막차 시간이 거의 겹칠 때라 급하게 뛰어오신 것처럼 보였다. 속으로 혼자 반가워하고 있는데 걷는 걸음걸이조차 몸에 힘을 꽉 주고 걷는 게 아닌가. 마치 군인처럼. 혹시 여군 출신이신가? 라는 생각이 들 정도였다.

그분과 나는 같은 버스에 올라탔다. 내가 먼저 자리에 앉고 그분은 내 시야에 잘 보이는 곳에 앉으셨는데 그때 예상하지 못한 일이 벌어졌다. 자리에 앉자마자 말투부터 걸음걸이까지 딱딱하게 굳어있던 사람이 짧은 한숨과 함께 온몸에 힘을 푸는 게 아닌. 그때 뒤따라서 탄 한 아주머니가 마트 직원분께 이 버스가 어떤 동네에 가냐고 물어보셨는데 그때 들려오는 대답 또한 예상하지 못한 것이었다.

"네. 거기까지 가요."

부드러운 말투로 웃으며 대답하시고는 창밖을 하염없이 바라보셨다. 그 모습을 한발 뒤에서 보면서 왜 그렇게 군인처럼 걸었고 그런 말투를 사용했는지 조금이나마 알 것 같았다.

　긴장하셨었구나. 어쩌면 서비스직이 몸에 맞지 않는데 일을 하느라 어쩔 수 없이 선택한 게 그런 말투였을지도 모르겠구나. 그러고 보니 그 직원분이 마트에서 가장 최근에 입사한 사람 같았다. 다들 아는 얼굴이었는데 어느 날 갑자기 모르는 분 한 분이 계셨었으니까. 가만히 창밖을 바라보는 뒷모습이 어딘가 뭉클해서 오랫동안 음악을 들었다. 사람도 자동차도 거의 없이 한적한 도로를 달리던 버스는 작은 정류장에서 멈춰 섰고 그분은 그곳에서 내리셨다. 마을들이 모여 있는 곳이었으니 아무래도 집에 가시는 길이 아니었을까 한다. 다시 또 다른 목적지를 향해 가는 버스에 앉아 그런 생각을 했다. 말투가 특이하셨던 마트 직원분은 집에 돌아가서는 세상 부드럽고 다정한 말투로 가족과 대화를 나눴을까. 몸에 힘을 좀 풀고 느리고 사뿐하게 걸었을까. 내가 아닌 척 긴장하고 살아야 했던 시간 속에서 몇 시간만이라도 원래 자신의 모습으로 지내셨을까.

사람에게 집이라는 공간이 꼭 필요한 이유도 그런 이유가 아닐까 하는 생각을 했다. 아무리 그러지 않으려고 해도 어쩔 수 없이 나와 다른 모습을 보여줘야 하는 세상에서 유일하게 내 모습으로 쉴 수 있는 공간이 하나쯤은 있어야 하니까. 모든 걸 다 내려놓고 내 모습으로 쉴 수 있는 단 하나의 공간.

제목

이번에는 책 제목 뭐로 할 거야?

자랑이라는 말이 들어갈 거 같아.
사랑에 대해서는 저번 책에 많이 썼으니까.

근데 매번 사랑에 관한 거로
책 제목을 지은 건 아니었잖아.

그래도 사랑 이야기 많이 했으니까
이번에는 다른 이야기 좀 하고 싶어.

생각해보니까 사랑과 자랑이라는 말이

대체가 가능한 것 같더라고.

사랑하면 어디 가서 자랑하잖아.

어디 가서 자랑한다는 건 사랑한다는 거고.

불안

사랑이 커지면서
추억이 쌓이는 것처럼
함께 커지는 것들이 있어.

그중 하나가 불안이지.
생각보다 많은 연인이
사랑하고 사랑받고 있지만
불안을 느끼는 경우가 많아.

옛사람이 남긴 상처가
덧나서 그러는 경우도 있고
누군가를 정말 많이 좋아하는 게
오랜만이거나 처음이라 그럴 수도 있어.

이유야 조금씩 다 다르겠지만
사랑할 때 느껴지는 불안을
해소하는 방법은 딱 한 가지일지도 몰라.

두렵고 무섭고 불안하다며
손을 놓는 것이 아니라

마치 먼 여행지에서
편의점을 향해 걸어가던 밤처럼
손을 꼭 잡고 걷는 거야.

서로가 가진 상처에 대해
이야기 나누거나 잘 들어주는 거지.

지난 시간을 보듬어주며

지금 자신이 느끼는 것에 대해

용기 있게 말하는 거야.

불안할 정도로 사랑을 느낀다는 것은

그만큼 사랑이 크다는 것이니

아직 일어나지 않은 일로

불안하기보다는

사랑이 주는 행복을

온전히 느낄 수 있었으면 좋겠어.

네 사랑에는 걱정이 없기를 바랄게.

고집

*

출판 시장이 아무리 죽고 있다고 하지만 매년 소위 말하는 대박이 터지고는 한다. 음악, 영화, 드라마 등 많은 장르가 다 그렇겠지만. 어쨌든 나는 글쓰기를 직업으로 택한 사람이기 때문에 어떤 책이 잘 되면 어떤 이유로 잘 됐는지 분석해보고는 한다. 이런저런 이유를 발견한 것도 있고 이유를 발견하지 못한 것도 있다. 여기서 이유를 발견하지 못했다는 건 그 책이 안 좋다는 이야기가 아니라 어디서 홍보를 하고 어떤 식으로 유명해진 건지 파악하기가 힘들었다는 뜻이다. 많은 사람이 한 번쯤은 대박을 꿈꿔봤을 것이다. 속물이라서 그러는 게 아니라 당연한 것이다. 자기가 만든 결과물로 부와 인정을 다 받을 수 있다는데 마다할 사람이 몇이나 있을까. 책이 잘 팔리거나 음악이 널리 퍼진다는 건 많은 돈을 버는 것보다 더 큰 의미가 있다. 자신이 만든 걸 사람들이 많이 소비해 줬다는 뜻이니까. 많이 소비했다는 건 그만큼 선택받았다는 뜻이고 그건 곧 창작자에게 인정받았다는 말로 되돌아오는 경우가 있다. 다음에 또 무언가를 할 수 있다는 증거가 되어주기도 한다. 물론 이건 지극히 내 개인적인 생각이다.

문제는 대박이 터진 것을 대하는 자세다. 만약 12월에는 물총 싸움을, 이라는 제목의 책이 잘 되면 그다음에 비슷한 제목을 지닌 책들이 쏟아진다. 3월에는 눈싸움을, 가위바위보는 8월에, 이런 식이다. 그 모습을 보면서 의문이 들 때가 많았다. 비슷한 제목의 책이 높은 순위로 차트 인을 했는데 그거랑 비슷한 제목으로 낸다고? 아무리 완전 새로운 건 없다지만 그래도 저건 좀……

또 다른 문제는 그런 압박이 나에게도 가끔 들어온다

는 것이다. 누군가와 계약을 하거나 어디서 미팅을 할 때면 혹시 이런 식으로 하실 의향이 있냐고 물어볼 때 대부분 이미 앞에서 대박이 터진 것들을 모방한 티가 확 나는 것들이었다. 그럼 내 표정은 정말 단숨에 굳어 버린다. 거기서 느껴지는 감정은 세 가지다. 이 사람들은 내가 뭘 하고 어떻게 활동을 했는지 조사도 안 하고 단지 SNS 규모가 크니까 같이 하자고 하는구나. 그 책들이 잘 됐던 건 그 사람만이 할 수 있는 말이라 그랬던 건데 감이 좀 없으신가. 마지막은 그렇게 책이 잘 나갈 수 있다는 말을 하면 모든 게 다 용인될 거라 생각하는가, 였다. 가만히 이야기를 듣다가 이것들을 다 말할 수는 없으니 딱 두 마디만 했다.

이렇게 작업하면 제 독자분들이 안 좋아해 주실 것 같아요. 규모가 작을지 몰라도 저를 꾸준히 읽어주시는 분들이 계신다는 것쯤은 저도 알고 있기 때문에 그분들을 실망시키는 글은 쓰고 싶지 않아요.

그리고는 주차장에서 차 문을 닫으며 혼잣말을 하고는 했다. 알았어. 그렇게 다 비슷한 방향으로 흘러간다면 내가 가고 싶은 길로 가서 보여줄게. 그 길도 괜찮은 길이었다는 걸. 머쓱하게도 아직 그 길에 닿아본 적은 없다. 결과물이 나왔을 때 만족하기보다는 술을 마신 날이 더 많았다. 그래도 내가 지키고 싶었던 것을 지켰던 그게 나한테 더 옳다고 생각했기 때문이다. 만약 세 줄짜리 글을 모은 책이 일 위를 했다고 치면 그건 그 사람이 할 수 있었던 거였기 때문에 가능한 것이다. 내가 고집 다 버리고 그 제목과 비슷한 제목을 고르고 비슷한 컨셉으로 쓴다고 해서 성공하리라는 보장은 없는 것이다. 그건 내가 아니니까. 내가 할 수 있는 게 아니니까.

경쟁업체 덕분에 손님이 줄어든 친구네 가게에 놀러 간 적이 있었다.
북적거렸던 시절이 떠오르지도 않을 만큼 조용했는데 친구는 입구 유리문을 닦고 또 닦는 게 아닌가.
그래서 물었다.

"깨끗한 거 같은데?"

돌아오는 대답은 그랬다.

"더 깨끗해야 해. 손잡이 잡았을 때 더러우면 기분 나쁘잖아.

이건 내 마지막 자존심이야."

만약 내가 가진 모든 것이 사라지고 더는 사람들에게 읽힐 수 없는 사람이 될지라도 내가 생각한 것과 다른 작업을 하진 않을 것이다. 밖에 나가서 아르바이트 세 개를 하고 그 대가로 몸이 상해서 수명이 단축된다고 하더라도 절대 그럴 일은 없을 것이다. 그건 나를 응원해준 사람들에게도 내가 빚지고 살았던 것에게도 배신하는 일이니까. 자기 인생이 아무리 바닥처럼 느껴진다고 한들, 아무런 성과도 못 내고 있다고 한들, 연인에게 비참하게 차였다고 한들 누구나 다 지키고 싶은 게 마지막 하나쯤은 있는 법이니까. 만약 사람들이 그걸 고집이라고 부른다면 이렇게 대답하면 된다.

그 고집마저 버리면

난 뭐가 돼?

짐

세희야 너는 아버지 언제 보고 싶냐

갑자기?

혼자 걷다가 문득 궁금했어

초반에는 그냥 조용하면 생각났는데
몇 년 지나니까 추억과 관련된 것들을 봤을 때 떠오르
더라.
물건, 장소, 아빠랑 닮은 말투 뭐 이런 거?
너는?

나? 나는 내가 하는 일이 잘 풀리거나
내 삶이 점점 나아지고 있다고 느껴질 때.
일이든 사랑이든.

　그 모습 못 보여드리는 게 아쉬워서?

아니. 내가 잘되는 모습 보면서
아빠가 나한테 짐이었다고 생각할까 봐.
잘 떠났다고 생각할까 봐.
그래서 잘 될수록 더 슬퍼.

후회와 이해

아버지는 음식을 하실 때마다

종종 실험하시고는 했어.

예를 들면 카레에다가

살코기를 넣는 대신 돼지 껍데기를 넣는 거지.

보통 이렇게 낯선 재료를 섞다가

말도 안 되는 레시피가 탄생하고는 하잖아.

아니. 정말 맛이 없었어.

아버지가 하신 실험은 대부분 실패로 돌아갔지.

언젠가 음식에 실험 좀 하지 말라고 말한 적이 있었어.

도대체 카레에 껍데기는 왜 넣는 거냐면서.
돌아오는 대답은 단순하더라.

"맛있을 것 같아서. 이제 안 넣을게."

집에 사랑하는 사람을 초대한 적이 있었는데
누굴 좋아하면 아버지처럼 요리해주는 버릇 때문에
나가서 먹거나 시켜 먹어도 됐는데 매번 음식을 했어.
몇 번 그렇게 음식을 하다 보니까 글쎄 나도 모르게
말도 안 되는 것들을 넣는 거 있지.
고기를 삶을 때 위스키를 조금 넣어볼까 싶었고
또 뭐였더라… 아무튼 뭔가 자꾸 특이한 걸 넣게 되는
거야.

아, 아버지가 이런 마음에서 그랬던 거구나.
어떻게든 조금이라도 더 맛있게 해주고 싶어서
말도 안 되는 조합이지만 뭔가 자꾸 더 넣거나
새로운 걸 넣으면 더 맛있지 않을까 하는 이 마음.
이제야 아버지를 이해했다면서 우스갯소리를 하고
방으로 돌아와 조금 울었지.

어쩌면 좋아.

또 하나 이해해버렸네, 하면서 말이야.

후회와 이해는 어느 순간 갑자기 찾아오더라.

그리고 동시에 찾아오는 경우가 많아.

예상하지 못한 곳에서 말이야.

그리고 보면 둘이 또 닮은 것 같기도 하고.

이해하면 후회하잖아.

후회하면서 이해도 하고.

제일 어려운 것

지금 한 선택을

나중에 후회하지 않는 것.

함께하고 싶은 사람

✳

또 청첩장이다. 결혼식 가는 걸 좋아하는 편이긴 하지만 요즘 들어 참석할 일이 많다. 함께 작업했던 친구가 결혼식을 올린단다. 결혼 적령기라는 게 과연 있을까 싶지만 아무래도 사회에 나간 지 몇 년이 흐르다 보니 한두 명씩 가정을 꾸리기 시작한다. 축하한다는 답장과 함께 생각에 빠졌다.

과연 내가 결혼이라는 것을 한다면 몇 명이나 와줄까?

누구한테 연락을 해야 하고 누구한테는 안 해야 할까.

이 고민을 아버지 장례식장에서도 했었다. 물론 그때는 아버지가 쓸쓸하게 가지 않았으면 하는 마음에 철판을 깔고 어지간한 사람에게는 다 연락을 했었다. 그때 그런 생각도 했었다. 만약 내가 죽는다면 장례식에 몇 명이나 와줄까. 살아가다 보면 인간관계에 대한 생각이 깊어질 때가 있다.

결혼을 한다고 가정하고 누가 결혼식에 와줄지 한 명씩 헤아려보기 시작했다. 얘네는 무조건이지. 내가 연락을 안 해도 와줄 거야. 아 이 친구는 좀 애매한데. 연락을 해야 할까 말까? 생각이 점점 이어지다가 연락할 필요도 없는 사람들까지 생각이 닿았다. 이제는 너무 멀어져서 어디서 뭘 하고 있는지 모르는 사람들. 정확히 말하자면 어디서 무얼 하고 있는지 알더라도 상관없는 사람들. 앞으로의 날을 함께할 수 없다는 생각이 강하게 들어서 멀어졌기 때문에 다시는 함께할 수 없는 사이가 됐다. 근데 생각보다 그런 사람들의 수가 꽤 됐다.

내 성격이 모난 건가 하다가 가깝게 지내는 친구들도 여럿 있으니 꼭 그런 이유만은 아닌 것 같았다. 한번 분석해보기로 했다. 나와 멀어진 사람들은 어떤 공통점을 갖고 있는지. 우선은 이기적이거나 자기주장이 강한 사람들이 많았다. 특히 어릴 때부터 가질 수 있는 건 모든 걸 가졌던 사람처럼 자신이 원할 땐 그걸 무조건 해야 하고 싫은 건 죽도록 안 하는 사람들. 나는 그런 성격도 무례하다고 생각했다. 자기 기분대로 행동하는 건 누구나 다 하고 싶을 테지만 그래도 어느 정도 이해하고 희생하고 물러서고 참을 줄 알아야 하는 게 사람인데. 자기가 원하는 것만 하려고 하는 모습은 어딘가 무례하게 보였다.

감정 기복이 심한 사람도 있었다. 난 감정 기복이 거의 없는 편이라서 오히려 감정 기복이 있는 사람들을 받아주는 편인데 너무 심한 건 감당이 안 된다. 특히 자신의 감정변화를 타인에게 전이하는 사람들. 처음에는 들어주고 다독여주고 미안하다고 하다가 나중에는 그게 너무 지쳐서 사이가 멀어졌었다.

마지막은 공감 능력이 현저히 떨어지는 사람들이었다. 자신이 지금 말하는 게 상대방에게 어떻게 보일지 자신이 행동하는 게 어떻게 해석될지 하나도 느끼지 못하는 사람과는 관계를 오래 이어나가기 힘들었다. 괜히 나 혼자 상처받는달까. 그런 사람들은 무례함과 솔직함의 차이를 잘 구분하지 못하는 모습을 종종 보여주고는 했었다. 한 명씩 떠올리면서 정리를 해보니 확실히 멀어진 이유가 있었다. 물론 덕분에 연락처에는 많은 사람이 저장되어 있지는 않다. 하지만 인간관계라는 것에 정답은 없으니 연락처가 좀 허전할지라도 내 자존감을 깎아내리는 관계는 끊어가면서 살고 싶다. 배려할 줄 알고 양보할 줄 알고 공감할 줄 아는 사람. 자신의 부정적인 감정을 타인에게 전이시키지 않는 사람. 그런 사람과 함께하고 싶을 뿐이다.

점점 더 필요해지는 것

아무리 맛있는 음식이라도
계속 사 먹다 보면 질리기 마련이다.
배달 음식도 마찬가지다.
간편하고 빠르긴 하지만
자주 먹다 보면 어딘가 더부룩해진다.

그럴 때 생각나는 건 집밥이다.
거창하게 차리지 않아도 내 입에 딱 맞는.
익숙한 포만감이 느껴지는 그런 집밥.

사회생활을 하다 보면 어쩔 수 없이
이 사람 저 사람 만나게 된다.

그 과정에서 부딪히고 상처받고 상처 주고
서운한 일이 생기다 보면 늘 친구들이 떠올랐다.
오랫동안 함께한 친구들.
집밥처럼 나에게 딱 맞는 사람들.

나이가 들수록 꼭 필요해지는 건
화려한 어떤 것이 아니라 좋은 사람들이다.
삶이 힘들 때 제일 먼저 떠오르는 사람들.

자주 보진 못하더라도 오랜만에 만나더라도
좋다는 말이 저절로 나오는 사람들.

각자 위치에서 열심히 살다가
만나서 함께 뭉친 마음 풀면서 숨 좀 돌리는 것.

어떤 날은 내가 이야기를 들어주고 어떤 날은
힘들어 보이는 내 표정을 읽어주는 사이.
정말 좋은 관계는
서로가 서로에게 위로가 되어준다.

자격

그런 날이 있어. 아무리 잠을 자도 피곤한 날.
커피를 마시고 밥을 먹고 무엇을 해도
힘이 나지 않는 날.

그런 날에는 가만히 누워만 있고 싶고
어떤 연락도 귀찮아지지.
이렇게 무기력함이 찾아올 때면
많은 사람이 원인을 찾아.
마치 그게 잘못된 것처럼 느껴지니까.

이유야 여러 가지가 있겠지만
무기력함이 찾아오는 큰 이유는
그동안 열심히 살았기 때문이야.
산책할 때면 호흡이 가빠지지 않는데
최선을 다해서 뛰다 보면
가슴이 터질 듯 숨이 차는 것과 비슷하지.

맛있는 거 먹고 하고 싶은 거 하고
좋은 음악 들으며 푹 쉬기를.
무기력할 정도로 지친다는 건
잘못된 것이 아니라
열심히 살았다는 거니까.
최선을 다한 사람에게는
지칠 자격 또한 있는 법이야.

일상

사랑은 특별하며 마법 같은
일이라고 생각하는 사람들이 있어.
물론 사랑의 하나의 마술과도 같지.
하지만 사랑이 가진 아름다움 중에
가장 좋은 건 일상을 공유할 수 있는 사람이
곁에 있다는 거야.

그 일상은 기분 좋은 일뿐만 아니라
요즘 고민이 있다, 유독 지친다, 하는
사소하고 슬픈 이야기까지

한 사람과 모두 나눌 수 있음을 뜻해.

사는 게 지치고 지겨울수록
더 사랑을 해야 하는 것도
그런 이유에서지. 매일 똑같고
지루한 일상에 기분 좋은 바람이 부는 것도
새로운 색을 입혀주는 것도 늘 사랑이니까.

만약 사람을 사랑할 여유가 없다면
다른 것을 사랑해도 좋아.

하루에 몇 번은 하늘 보기.

작은 화분 하나 기르기.

날씨가 좋을 때 생각나는 사람에게

전화를 걸어 안부 묻기.

사랑은 이성과의 감정뿐 아니라

모든 애틋함을 뜻하니까.

무엇을 사랑해도 좋아.

어때?

지금 무엇을 사랑하고 있어?

당신은 누군가의 자랑이다

*

삼일장이 끝나고 집으로 돌아와서 제일 먼저 한 일은 약을 버리는 것이었다. 누나와 나는 누가 먼저랄 것도 없이 큰 봉투를 사 와서 그동안 아버지가 드시던 모든 약을 버렸다. 멀리 가는 길은 부디 아프지 않았으면 하는 마음이었다. 침대. 자주 앉아 계시던 곳. 주방. 찬장. 싱크대 밑. 심지어 냉장고 안까지 약으로 가득했다. 내가 생각한 것보다 훨씬 더 많은 약을 드시고 있었다는 걸 그때야 알았다. 그 큰 쓰레기봉투가 약으로 가득 차는 걸 보면서 혼자 중얼거렸다.

많이 아팠겠다.

아프다고 투정 부릴 때

잘 들어 줄 걸.

나보다 먼저 이별을 경험한 사람들의 조언은 하나같이 비슷했다. 힘들더라도 아버지가 쓰시던 물건을 정리해야 덜 괴로울 거라는 이야기가 많았다. 그러고 싶었는데 그게 잘 안 돼서 지금까지도 모든 물건을 아버지가 쓰시던 그 자리에 그대로 두고 있다. 작업실과 집은 거리가 꽤 떨어져 있는데 몇 시간씩 운전하면서 왔다 갔다 한 건 오로지 아버지 때문이었다. 이제는 어디로든 이사를 할 수 있는데 이 집마저 사라지면 정말 아버지가 사라지는 것만 같아서 여전히 몇 시간씩 운전을 한다. 물건은 정리하지 못했어도 서류는 미룰 수가 없어서 모든 절차를 마쳤다. 그 과정에서 누나보다 먼저 상을 치렀던 친구가 누나한테 해준 이야기가 있었다.

부모님이 돌아가시면 인터넷 검색 목록 같은 것도 한 번 봐야 한다는 것이다. 아버지는 마치 떠나실 준비라도 하신 것처럼 통화 목록과 연락처, 심지어 모든 사진까지 다 지워놓으신 상태였다. 배경화면은 누나와 조카가 함께 찍은 사진이었는데 그것마저도 지워져 있었다.

나는 아버지가 인터넷 검색 같은 건 할 줄 모른다고 생각했었는데 그래도 제법 하실 줄 아셨던 모양이다. 사고 싶은 거나 만들고 싶었던 요리를 검색해본 흔적이 있었다. 물론 오타가 가득했지만. 그리고 그 흔적들을 보다가 장례를 치르고 난 뒤에 가장 많이 울지 않았나 싶다. 몇 개 안 되는 검색 목록 맨 아래에 오탈자 하나 없는 게 있었다.

박근호 작가

검색날짜 05.22

그때가 새 책이 출간될 때쯤이었는데 나한테 물어보는 게 좀 그러셨는지 인터넷에 검색하셨던 것 같다. 아버지가 십 년 넘게 주무셨던 침대 위에서 숨이 안 쉬어질 정도로 울었다. 사람이 너무 심하게 울면 아래턱이 떨린다는 걸 그때 처음 알았다. 아무리 이를 악물고 견뎌도 3개월 전에 아버지가 투박한 손으로 오타 하나 없이 또박또박 나를 인터넷에 검색했던 그 모습만은 감당할 재간이 없었다. 그날 저녁, 조카들을 거실에서 재우고 누나와 함께 맥주를 마셨다. 둘이 술을 먹는 건 처음이었다. 견딜 수 없을 만큼 슬픈 일이 찾아오고 나서야 누나와 술 한잔할 수 있게 됐다는 사실이 또 야속했지만. 왜 이렇게 멀어져야 가까워지는 것들이 많을까.

아버지에 대한 이야기를 많이 했다. 진짜 솔직히 이야기해서 나는 아버지가 자랑스러웠던 적이 별로 없었다. 변변치 않은 직업과 고집 센 모습. 목소리가 크신 편이라 어디 갈 때면 민폐가 되지 않을까 걱정하기 바빴다. 집 안의 경제권이 나한테 넘어오고 내가 아는 것이 많아질수록 아버지를 무시하고 눈치 주는 날이 많았다. 그랬던 내가 그날 누나와 함께했던 건 아버지가 얼마나 우리에게 자랑스러운 존재였는지를 말하는 거였다.

어떻게 그렇게 많은 약을 먹으면서도 한 번도 내 저녁을 차려주지 않은 날이 없었지. 몸이 불편해지시면서 운전을 하실 수도 없게 됐는데 어느 날은 음식을 들고 왕복 세 시간이 걸리는 누나 집에 다녀가신 적이 있었단다. 그것도 버스를 타고.

아, 이걸 왜 이제야.

왜 이제야 깨달은 걸까.

생전 겪어본 적 없는 후회가 그날 단 하루에 모두 밀려왔다. 조카들이 깰까 봐 소리 내지도 못하고 울면서 아버지에게 받았던 사랑을 떠올렸다. 그래, 어머니가 일찍 세상을 떠나시고 아버진 우리를 키우겠다고 안 해보신 일이 없었지. 아버지 또래의 중년 남자들이 그렇듯 요리 하나 제대로 할 줄 모르던 사람이 어떤 음식이든 다 만들 수 있을 정도로 주방에 오래 계셨지. 난 그 모습을 보면서 사랑하는 사람이 생기면 요리를 해주는 버릇이 생겼지. 아버진 내가 무언가를 물어볼 때면 늘 나긋한 목소리로 하나부터 열까지 다 알려주고는 했었지. 난 또 그 모습을 배워서 사랑하는 사람한테 무언가를 설명해줄 때 자세하게 설명해 주는 편이었지.

부모님 두 분을 다 떠나보내고 나서야 겨우 와닿았던 자랑이라는 말. 그리고 조금이나마 알 것 같았다. 나도 아버지한테 자랑이었다는 걸. 자주 앉아 계시던 거실 옆에 내가 한 번도 드린 적이 없던 내 책이 쌓여있었으니까. 전시회 열 때 만들었던 엽서집도 있었고 그보다 더 한참 전에 전시회를 했을 때 만들었던 도록도 가지고 계셨다.

책은 잘 나왔니?
전시회는 잘했고?

난 네가 자랑스럽단다.

이런 말씀을 하신 적은 단 한 번도 없었어도 온몸으로
느낄 수 있었다. 우리가 다 누군가의 자랑이라는 사실
을 깨달은 뒤로는 정말 그 말 한마디로 버텼다. 세상이
너무 잔인하다고 느껴질 때도, 아버지가 몸서리쳐지게
보고 싶을 때도, 모든 걸 다 놓아버리고 싶을 때도 주문
처럼 그 문장을 읊조렸다. 난 아버지의 자랑이다. 아버
지의 자랑이다. 포기하지 말자. 약해지지 말자. 지지 말
자. 이 책을 쓴 것도 그런 이유에서였다. 자랑이라는 가
깝고도 낯선 단어를 이 책을 읽는 사람들에게 말해주기
위해서. 오늘 하루가 너무 버거웠는데 힘들다는 이야기
할 곳이 마땅치 않을 때. 모두가 다 누군가와 함께하는
것 같은데 나만 혼자서 아등바등거리고 있다고 느껴질
때. 외로움은 늘 이유 없이 찾아오고 점점 내일이 기대
되지 않는 삶을 살아가다 보면 조금씩 잊게 된다. 내가
얼마나 가치 있는 사람인지를.

그렇게 점점 내가 누군가의 자랑이라는 사실도 함께 잊힌다. 만약 지금 당신 앞에 아주 아름다운 꽃이 한 송이 있다고 가정해보자. 그리고 잠시 눈을 감아보자. 무엇이 보이는가. 아무것도 없는 어둠뿐이겠지만 그렇다고 해서 눈앞에 있는 꽃이 사라지는 것은 아니다. 눈을 뜨면 꽃은 언제나 그 자리에 있다. 밤하늘이 아무리 어두워도 달은 떠 있는 것처럼. 아무리 구름이 많이 껴도 그 뒤에 별이 가득 존재하는 것처럼. 삶이 아무리 괴롭더라도 잊지 않았으면 좋겠다. 당신은 누군가의 자랑이라는 사실을. 그리고 견디기 힘든 일이 몰려왔을 때 내가 그랬던 것처럼 당신도 자신에게 말해줬으면 좋겠다. 포기하지 말자. 지지 말자. 나는 누군가의 자랑이다.

당신이라는 자랑

ⓒ 박근호 2021년

초판 1쇄 발행 2021년 1월 27일
　　6쇄 발행 2023년 8월 10일

지은이 ㅣ 박근호

책임편집 ㅣ 오휘명

마케팅 ㅣ 강진석

조판 ㅣ 정나영

디자인 ㅣ 정나영 (@warmbooks_)

펴낸곳 ㅣ 도서출판 히읏

출판등록 ㅣ 2020년 4월 28일 제 2020-000109호.

전자우편 ㅣ heeeutbooks@naver.com

제작처 ㅣ 책과 6펜스

ISBN 979-11-970875-3-0 (03810)